Interdit aux Chinois et aux chiens

去他的戒律

[法] 弗朗索瓦·齐博（François Gibault） 著 　沈志明 译

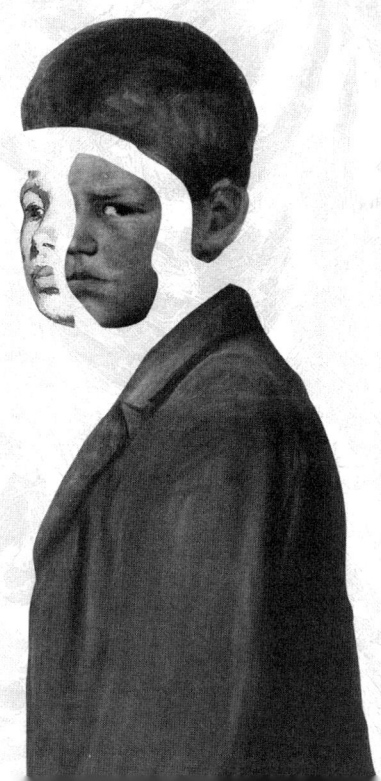

北京联合出版公司
Beijing United Publishing Co.,Ltd.

目　录

作者致中国读者 ⋯⋯⋯⋯⋯⋯⋯⋯⋯⋯⋯⋯⋯⋯⋯ 弗朗索瓦·齐博　1

译者推介 ⋯⋯⋯⋯⋯⋯⋯⋯⋯⋯⋯⋯⋯⋯⋯⋯⋯⋯⋯⋯ 沈志明　3

代序：一部"准小说"式的"反精神自传" ⋯⋯⋯⋯⋯⋯ 柳鸣九　7

告读者 ⋯⋯⋯⋯⋯⋯⋯⋯⋯⋯⋯⋯⋯⋯⋯⋯⋯ 弗朗索瓦·齐博　19

代跋：文化差异引发《华人与狗不得入内》标题风波 ⋯⋯ 柳鸣九　145

作者致中国读者[①]

弗朗索瓦·齐博

我痛恨禁忌,痛恨排斥,痛恨设障,痛恨各种宗派和不能容忍异己。我1976年第一次访华时在上海得知,从前外国租界一座公园的入口处有过一块牌子,上面写着"华人与狗不得入内",我义愤填膺。其时心想,这倒是一本书的好标题,但不得不等上二十年才如愿以偿。为此,谨请不要从字面上理解这个书名,而应当把它视为反抗的表露。这本书是我的秘园,藉此表达对自由的热爱,对独立思考的诉求。这本薄薄的"出气小说",经友人沈志明君的出色翻译,现有了中文版,特此祝愿尽可能多的中国读者光临本人的这座秘园,并望他们能够喜欢。也借此机会表达我不仅对中国文明和文化有着异乎寻常的迷恋,而且对中国人民深怀敬意:中国人民在尊重自己几千年传统的同时,勇敢地以自己的方式开创着21世纪。

[①]《去他的戒律》原载《世界文学》1999年第2期双月刊,总第263期。

译者推介

沈志明

弗朗索瓦·齐博（François Gibault, 1932—）出生于巴黎大资产阶级家庭，20岁报考政治学院，落第后攻读法律成功，24岁担任上诉法庭律师，至今已有四十多年[①]。七十年代以来先后多次担当震撼法国、北非乃至非洲大陆特大案件被告的辩护律师，辩护对象中有罪恶昭彰的民族主义者、独立运动分子、恐怖主义分子、无政府主义者等。

齐博从思想到气质包括社会地位、政治倾向、行事作风和生活习惯都属右派，但事事处处都掩饰不住对受压者、反叛者、革命者、殉道者的同情。从职业角度看，无论替受害者还是替犯罪者辩护，他几乎都是成功的，早已成为一流的大律师。

这位不苟言笑的律师同时还具有一颗艺术家的心灵。他从小喜爱想象，喜欢文学艺术，包括小说、诗歌、舞蹈、音乐、歌剧、绘画，甚至是小有名气的绘画收藏家。如今他拥有"塞

---

① 如今再版，应为六十年。

利纳研究学会"主席等七八项文化社团的荣誉头衔,是巴黎上流社会的一名佼佼者。

齐博1962年在小说家塞利纳逝世一周年活动中结识塞利纳遗孀、舞蹈家吕赛特。从此他逐渐成为塞利纳专家和保护者。自从接管塞利纳档案和担任其遗嘱执行人,他为塞利纳做了许多好事,其中最值得一提的是1977年出版了《塞利纳传》(三卷本)。二十年后的今天[①]没有人怀疑这部传记的权威性和文学性。

虽然他的文学才华已充分显露,但谁也没想到,他居然在65岁发表第一部小说《去他的戒律》(原文 Interdit aux Chinois et aux chiens,直译应为《华人与狗不得入内》)。这是一部自传体小说,叙述自三十年代初至四十年代末的童年情感历程:战前,德军入侵,逃难,解放等。应当强调指出,这不是自传,而是百分之百的小说,但作者的心灵投影处处可见。就是说,这位遐迩闻名的大律师和社会名流终于找到一种方式来泄露他的"内心秘园",终于把六七十年压抑于心灵深处见不得人的情感发泄出来。确实,小说字里行间洋溢

---

① 应为四十年后的今天。

着出这口恶气的愉悦,故而作者称他的作品为"出气小说"。

本小说1997年在圆桌出版社出版后,法国各大报刊反应良好,大力推荐。俄罗斯立即翻译出版,文学评论界一片赞扬声。也许咱们中国读者还不太习惯这类小说,但作为了解当代法国小说动态不妨一读。

1997年深秋于巴黎

代序:一部"准小说"式的"反精神自传"

柳鸣九

弗朗索瓦·齐博先生,我有幸与他曾有过一面之缘,那是我1988年访问巴黎时,在塞利纳故居的一次聚会上。这位闻名全法国的大律师,作为法国塞利纳研究学会会长、《塞利纳传》的作者兼塞利纳遗嘱的执行人,当然格外引人注意,我在《塞利纳的"城堡"与"圆桌骑士"》①一文中,曾记述了对他的印象,在我的心目中,他恐怕要算是塞利纳的"圆桌骑士"中最重要的一位了。在那次聚会后,承他赠送了三大卷的《塞利纳传》,我大长了有关塞利纳的知识,后来,我约请老友沈志明为"外国文学名家精选书系"编选一本《塞利

---

① 请见拙著《巴黎名士印象记》第217~229页,社科文献出版社,1997年版。

纳精选集》，又承齐博先生慨然答应帮助解决有关选题的版权，我们多少也要算是老朋友了。

不久前，齐博先生又把他所写的第一本"小说"《去他的戒律》送给我，此书已由志明君译成中文，他们两位都希望我对这部作品做点评论。我早已领略过齐博先生丰厚的学识与洗练的文笔，新作一定开卷有益，何况还是老朋友的作品。这是一件义不容辞的事情。

齐博先生与译者都把这部作品称之为"小说"，他们的这一归类当然值得尊重。然而，应该考虑到，任何作家在对自己的创作成果进行归类的时候，无不都要受到文学类型截然划定性的限制，而对于接受美学的观念与方式已经相当普遍化的时代里的读者与评论者来说，正如在对作品意蕴与含义的理解上拥有较大的自主性，甚至随意性一样，在对作品形式的划定上，当然也享有相对较大的自由。何况20世纪，在边缘学科纷纷出现的时候，文学中的边缘形式、边缘类别也已不鲜见了,仅以法国当代经典作家杜拉斯一人而言,她的《抵挡太平洋的堤坝》可以说是自传性的小说，《情人》则是小说式的自传，她的《长别离》是典型的电影小说，而她的《广岛之恋》则是内心歌吟式的电影……鉴于以上情况，当我一口气读完齐博先生的新作之后，我首先想说的是，齐博先生的这部作品，似乎是小说，似乎又不完全是小说。

从作品最表层的部分文本来看，它第一个大字就是"我"，这"我"大概要算是文学中最具有多种外衣，最叫人迷惑、捉摸不定的东西了：在卢梭的《忏悔录》里，是写作者原原本本的自我；在贡斯当的《阿道尔夫》、拉迪盖的《魔鬼附身》、巴赞的《毒蛇在握》里，是"叙述上帝"一定程度的真实投影，是自我或多或少的显现；在勒萨日的《吉尔·布拉斯》、萨特的《艾罗斯特拉特》、莫狄亚诺的《魔圈》与《暗店街》中，则是叙述上帝所制作出来的"皮影""木偶""蜡人"……在第一类自传作品与第三类自叙式小说中，事情都比较简单，而第二类自传性的小说里，事情却不那么单纯了，在这里，真真伪伪、实实虚虚的程度是很不容易说清楚的，即使做了一番艰苦的历史探秘。至于要把真与伪、虚与实的比例鉴定出来，那更是"难如上青天"了。那么，齐博先生的这部作品是属于哪一类呢？

在《告读者》中，齐博先生告诫读者"甭想来此寻找切身经历的回忆、真实可靠的信念和真切实在的情感"。根据我个人的经验，作者告读者之类的文字不可不信，亦不可全信，尤其对法国作家而言，更是如此。有时，它是某种精辟隽永的哲理或艺术的宣言；有时，它是某种起掩护作用的烟幕；有时，它是某种玩世不恭的戏言；有时，它是展示潇洒风度的辞令。总而言之，也要算是一种艺术，是作者智慧与风格的牛刀小试。果然，在齐博先生上述告诫之后，就是一行典型的塞利纳风格的话语，一行充满了辛辣味足以使人震惊的自虐式的话语："这是一盆杂烩，一块又脏又湿的地盘……是一些词语，混账的词语……"对天马行空的叙述上帝而言，正戏上场之前，加一点儿"锣鼓"有助于效果；对技艺高超的厨师来说，正餐开始之前上一点儿开胃酒能引起食欲。齐博先生很是在行。

真正能显示意义，说明问题的，是文本，作品的文本。

如果我们不说这部作品有前后两大截然不同的板块的话，至少可说有两种不同的成分：一种成分是主观倾渲的成分，一种是客观叙事的成分；一种为空灵虚若，一种为实实在在。前一种主要集中于作品的前一部分，后者则主要集中于后一部分。

可以毫不夸张地说，作品的前一部分，相当充分地显示了大手笔的气派，它以卢梭《忏悔录》式的坦诚与力量宣泄内心，倾倒肺腑。这是没有后顾之忧的内心独白，这是旁若无人的喃喃自语，这是严酷无情的自我审视，这是深思凝练的自我鉴定，我们暂且不必说这就是作者原我某种程度的展示，即使只不过是他手中玩偶的自白，也很具有人性心理真实的力度。本来，像这样强烈而急切的自我宣泄，往往容易在语气上形成急促、零乱与下气不接上气，但这里的倾诉从容不迫，洒脱自如而又凝练精辟，再加上文笔的跳跃性，简直就可以说有点儿散文诗般的风度了。

至于语言格调与语言色彩，则是塞利纳式的，是杂色的。在这里，辛辣的、粗野的、反讽的、夸张的语言随处可见，称自己的食物为"饲料"，骂自己"不是个东西"，说自己从小就有"伪善的外表"，"自我培养欺骗这一我的主要德行"，说自己处事就像"蹚着泥水"，所有这些似乎的确构成了麻辣烫式的杂烩,然而,有时又不乏优美的文笔:"我的生命之树屹立在村庄上空","在我头顶上,美丽的新生云彩随风匆匆而过,这些有点儿疯疯癫癫的云彩明天、长久、永远不会回来了"。其明丽景观与怀恋情愫自给人以清新的感受,何况两种风格的语言互为对照更增添了若干魅力与情趣,雨果不是早就说过吗:"丑就在美的旁边,畸形靠近优美,丑怪藏在崇高的背后,美与恶并存,光明与黑暗相共……鲵鱼衬托出水仙;地底的小神使天仙显得更美。"[①]

真正使读者耳目一新、引人思索的还是作品中的这个"我",他骇世惊俗,使人震撼。这是一个"既像天使又像魔鬼"一样的人,生来就有强旺的生存能力,"不畏疾风,不怕酷暑严寒",还有一番混世的本能,从原始的优点,惯于"竖耳贴门偷听","兴味盎然地窥视"世人,到挺能装傻充愣,不惜"尿裤子",到善于保持"一本正经",并修炼到了"欺骗"成为我"主要德行"的程度,他还深谙"浑水摸鱼","左右逢源,游戏人间……安然处世"之道,还有"长篇大论,信手走笔"的本领,凭这些本事他得以在世间"高歌独唱","攀登许多

---

① 请见拙译《雨果文学论文选》第35页,上海译文出版社,1980年版。

阶梯",最后占据了一个高台阶。他显然自视为上帝的选民,有蔑视芸芸众生的狂傲,并以世人特别是手下败将的失败为乐。他在现代生活中是一个善攻能守的角色,全身都是"盔甲",能做到滴水不漏。

这样一个"我",有《忏悔录》式的坦诚,有从《吉尔·布拉斯》到《茫茫黑夜漫游》中流浪汉主人公的厚颜、自嘲甚至自虐,有尼采式冷峻无情的超人意识,也有现代人物欲横流中大鳄般的凶猛与狡黠。这个"我"就是这些成分复合而成的,但实在不能说这里写的就是齐博先生之"自我"。因为,在作品里,丝毫也看不出"我"的出生、学历、职业以及若干实在生活,甚至这个"我"不像是真实、具体、活生生的人,而只是一些精神特点的集合。不过,齐博先生这样写,也许正是他自己的一种防身术,读者何尝不可以说这个"我"不至于丝毫没有齐博先生本人的若干精神基因,只不过他采取了马尔罗《反回忆录》的做法,把自己的某些精神基因写得虚虚实实,极度夸张,真伪难辨而已。因此,如果有读者要把作品的这一部分视为作者的自我精神概述的话,那最多也只能说它是一部"反精神自传"。

作品的"实"的部分，基本上是由对少年时期生活的回忆组成，在这里，"虚"的部分中"我"那种有几分怪特但颇有磁性的复调没有了，代替的是客观的平实的记叙，张张扬扬的"我"也大为收敛，甚至隐退了，代替的是他的父母亲以及亲友的言行与活动，我们只感到一个老实本分的少年人在旁边为这一切做见证。其中，儿童时代跟同伴的顽劣行径，以及在清凉小河旁静观细枝从远处漂来又向远处漂去的闲适时刻，写得甚为生动有趣；自己的长辈亲友在二战期间的民族感情与爱国精神，如婶母因法国战败而自杀，全家因诺曼底反攻而欢庆等回忆，则很是感人。不过，在作者的回忆中，真正构成一大情结的，还是"敬父情结"，回忆的大部分几乎都是记述自己父亲独特的、为一般人所难以理解的思维方式与行为方式，特别是重点记述父亲对儿女的教育思想与教育方式。作为亲情回忆，作品的这部分使人想起法国20世纪文学中的一部著名的自传性散文式小说、帕尼奥尔的《我父亲的光荣》，这部作品曾被法国评论家列入20世纪下半期三十部最佳作品之一，并被搬上了银幕。文化修养广博精深的齐博先生不会没有读过此作。至于作品重点部分对自己父亲教育方式的记述,则明显地与卢梭的《爱弥儿》颇为相像,其父那种返璞归真、增强磨难,"必先苦其筋骨"的教育方式,几乎可说是卢梭教育思想在20世纪的具体运用。

同样,这些回忆虽然写得甚为平实具体,但我们也不能说写的就是作者本人的童年,不过,我深信,在这里,作者的原我的成分肯定会要多得多。至于作品的"虚"与"实"两部分的关系,如果要说看起来似乎有点儿游离的这两部分其实还有什么内在联系的话,那么可以说正是这种顺乎自然,"必先苦其筋骨"的父训父教,才培育、造就了那个现代生活中的"强者"与芸芸众生中的"超人",而"我"那种藐视戒律,对社会文明规范有所逆反、有所冒犯的言行方式,正是与反传统教育戒律而行之的家教接轨的。

一个名声显赫的巴黎大律师,在65岁高龄第一次写出一本小说,这是一件颇引人深思的事情。这种在自己的事业中已功成名就而后闯入文学领域的非专业性的作家,在法国并不少见,这是一个国家文化高度发展的社会现象之一,值得去注意与研究,因为,将来的文学史会记载下他们之中佼佼者的名字。

对于这些"闯入者"来说,也许有人是为了要在第二领域里再显示自己的能力,建立自己的"又一声誉",也许有人只是为了消磨时光,以写作自娱,就像陈建功笔下的中国老头以城墙根下唱京剧,或遛鸟、养花一样(《找乐》),但对于我们面前的这位大律师和他的这部作品来说,情况似乎并不如此。

"这玩意儿出自我的肺腑",这是"非吐不快的胡说八道",是一本"出气小说",大律师齐博先生说得好,说到了点子上。是否"胡说八道",是否"小说",先可不管,"非吐不快"与"出气"看来是千真万确的。律师是一种特殊的职业。在好莱坞一部关于律师题材的影片中,有这么几句话:"在没有定罪之前,任何人都是清白的","为打赢官司,律师无所不为……是非曲直,他都无所谓,把法庭变成竞技场"。话虽然讲得不好听,但却道出这是现代社会正常的法律程序赋予律师合法的权利与义务。背负着这种权利与义务进入"竞技场",无疑是要像斗士一样盔甲护身、面罩遮脸的。数十年如一日,一个灵智敏感、内心丰富的人,定会视此为对自我的束缚与重压,终于有一天,在一股冲劲之下,他跳出自己盔甲的坚壳,像塞利纳的作品中的"我"那样痛快地嬉笑怒骂,自嘲自虐,并召唤回少年时期那份清新的感情,讲述起自己深深怀念的那些人、那些事……

这或许就是这部作品产生的心理根由。基于以上的理解,我且把它称为"准小说"式的"反精神自传"。这很可能有臆测妄说之嫌,但谁让我们是生活在接受美学观普及的时代呢?

1998 年 10 月 14 日

告读者

这玩意儿出自我的肺腑，好似分娩，痛苦不堪。这是一部诗选般的作品，既包罗万象又空空如也，无始无终。这是敞开的一扇窗户，一扇大门，开向街道，开向指手画脚的世人和足之蹈之的动物，开向不是我的我和不像我的我。这是非吐不快的胡说八道，也是急需立此存照的空穴来风。甭想来此寻找切身经历的回忆、真实可靠的信念和真切实在的情感。这是一盆杂烩，一块又脏又湿的地盘，是困苦和纷乱的自白，是一种崩溃，一种懈怠。谁都不必勉强阅读此书，即使开始了也不必读完，更不必喜爱。这书不是为此而写的。只不过是一些词语，混账的词语，无的放矢；只不过是人生的一些碎片，可扔进水里付诸东流，让时光抹得一干二净。

一

我混沌出世,既与众相同又与众不同。在娘肚子里,我就与众相同但又与众不同,因为是我嘛。尽管学有所获,尽管时光如桥下之水,我内心深处许多情感依旧源于那个时代。我早在进襁褓以前就跟自己过不去,后来穿燕尾服,穿茜红色裤子①,穿律师长袍,依然跟自己过不去。我既像天使又像魔鬼,竭尽所能充当傻蛋,不畏疾风,不怕酷暑严寒,尤能抗寒。从娘肚子起,我便体验希望与失望,体

---
① 系指1914年法国士兵穿的裤子。

验徒劳的抗争，体验一般的失败和独一的失败。所谓独一，因为是我嘛。

我早就竖耳贴门偷听，这是我主要的恶习，也是我原始的优点。由于娘胎中不见形象，我便在温暖中谛听、剽窃思想和声音。多亏昏暗，我其他的官能大大地发展了。

我的母亲，不愧为我的母亲。她活像贞德和圣母玛利亚，我活脱脱就像查理七世和圣约瑟，就像双子星和金牛星座下凡，长两个脑袋，即一个脑袋不算数再长一个，就像中国的猴王，翻云覆雨，翻山越岭，翻江倒海，而不顾砸碎坛坛罐罐。这是一部很古老的历史，维系着我的肚脐。这部历史对许多人而言，将是百年战争，将是追溯时间的机器，将是古董陈列架，总之，将是跳蚤市场。

我斟字酌句，却言之无物，有如串串空心珍珠，到头来我写下的句子，各人怎么理解听其自便。反正总有人自以为若有所悟的，其实毫无悟道之言，就像看戏，有人傻笑，其实没啥可乐的。不管怎样，人各有所悟呗。只需扔出几根骨头。由他人龇牙啃噬，由他人识别是猪肉还是羊肉，是公有理还是婆有理。我嘛，很久以来，长篇大论，信手走笔，搜索枯肠，蹒跚而行。我口袋揣着沙丁鱼罐头，若无其事，蹚着泥水高歌独唱。

本世纪过了三十年，比耶稣基督的寿数稍短些。小不点儿出生了，家人不置可否，因为原先期待一个女孩儿，并准备照此孕育。孕前，我就不是个东西，孕中受浪漫曲摇晃而阴差阳错，呱呱落地已有面临死亡的悲剧感。幼儿期我很虚弱，很不知趣，受到女佣过分虚情的、一板三眼的照料；战前尽管学会"狐步舞"，仍少不了眼夹泪珠去意大利旅游，横渡大西洋，穿着饰有银色绒球的舞裙。

每到黄昏，家人便把我弃置于黑暗直至天明，把我裹进被单活像裹入尸布，我陷入极度的孤独，睡在摇篮里后来睡在小床上，像死人躺在棺材里。就这样我在战前已经死过几千次了，但也锻炼了我的性格，也许不总像家人期望的那样吧。至于温馨的厩栏，明亮的清水，干洁的饲料，那是无可挑剔的。

其实我从未离开过母亲的肚腹，如今依旧，她去世那么多年了，我仍囿于暗室，规避目光，但在我头顶上，美丽的新生云彩随风匆匆而过，这些有点儿疯疯癫癫的云彩明天、长久、永远不会回来了。

我在自己的树上衰老。我们是一起长大的。我的生命之树屹立在村庄上空，由于天天向上，我发现了岸界。水岸真美哟，在所有的山后都有水岸，我所认识的小水岸藏在小丘后面，但最遥远的水岸最叫我心荡神驰。

我是贤德的胚胎，算得上标本。历尽千辛万苦从我的甲壳脱颖而出，却又偷偷返回甲壳里去。偷偷摸摸中，做美妙绝伦的事，体验基本的乐趣。不是人人做得到城府深深，并在弄虚作假中自鸣得意。这是一种复杂的品质，一种可学可育的艺术。出示不该出示的，便可为自己保存更为奇异别致的。表面的坦率使谎言变得美丽。必须用蜜糖吸引苍蝇，就像善于使人信任才引得出隐情，如果其人想说点什么。

我是追踪自己灵魂深处的猎手，可以插翅飞翔，蒙骗猎物，但我太爱动物了，不忍与其为敌；我偏爱浑水摸鱼，追逐暖阁私情和小巷幽会，尽管在告解座，在法庭上，在体育场,在众目睽睽下,我都感觉良好。我有一副铁石心肠,却淋淋流血,我真不明白。

谁都无法想象,我早在婴儿时就耳聪心明。家人以为当着我面可以用普通语言说三道四,就像当着一堵墙、床头柜、铸铁浴缸,他们倾箱倒箧,无所不说。而我,躲在花边绣绒中,面带一成不变的微笑,竖着大耳朵,不声不响地偷听。后来,我有了狗,我们俩玩得好痛快,神不知鬼不觉的。反正,大人讲话对婴儿是很有教益的,胜过所有的书。

我后来听到的故事大大走样了。可惜我的狗早死了,不然它会向你证实的。

我见过撑裙架的女人,她们拿小匙时翘起小指,举止文雅而扭扭捏捏。"亲爱的朋友,再来一杯茶吗?带一层云似的牛奶吗?这是锡兰茶,咱们的大使寄给我的。""您听过仙女①吗?第二幕的咏叹调唱得妙不可言,不是吗?""您的宝宝从来不哭吗?真是好孩子。他瞧着咱们

---

① 系指舒曼歌剧《天堂与仙女》中演唱仙女的女歌手。

好像听得懂咱们的话，令人担心哪。"

我呢，鬼得很，装作乖宝宝，我不会哭。我会笑，会叫，会吸奶，会回奶，会傻乐，会装睡，会呕吐，但不会哭，因此，扮演这个角色，我虽不最理想，但还算有天分。

就这样我接受了虚伪的开蒙，自我培养欺骗这一我的主要德行。我们永远不会承认，善于欺骗是多么有用，善于混淆是非到了连自己都吃不准真假。

真正的困难在于能保持头脑冷静，脸颊铁青，一本正经。其余不在话下。

这功夫我练了一辈子，使我攀登许多阶梯。现在我高居一个台阶上，俯视我的许多敌手徒劳地为争夺最下的台阶互不相让，大打出手，累得气喘涎流，而且还会劳心伤脾好久，最后倒在众人耻笑之下。

我本可以把他们扒个精光，横加鞭打，但宁愿向他们深表同情，使他们更加难堪。

一个婴儿诞生引起的反应等于一块铺路石扔进水塘，尤其我相貌出众，鬈鬈的头发令我双亲乐不可支。当时我祖父母和外祖父母尚健在，还有我的哥哥和姐姐，于絮尔婶婶，看门人和他的猫，女佣们和狗，全都喜滋滋的。

倒不是为多张嘴要喂而嫌添乱，也不是为多个屁股要洗而嫌麻烦，而是因为必须分享情感，就像来了不速之客，必须让他们分食蛋糕。

我很快就占有最大最好的一份，凭着我金黄的头发和伪善的外表，此道，由于我非常早熟的识别能力，脱娘胎就发觉了。

我婴儿相十足，视觉模糊，懵然无知；虽然看不清他们，却听得见他们在谈论我，他们说黄道白，我心里全然有数。

我很快明白，要解脱就得叫喜爱你的人难堪，以平息其他人拿你开心，但对厌恶你的人却要和颜悦色，以便叫他们受骗上当。这样就可以左右逢源，游戏人间，绕过明障暗礁，安然处世。

我在摇篮里度过最初的岁月，好比狂风暴雨中一叶扁舟上的遇难者；我抵挡自然界的暴力，单枪匹马脱险，是唯一死里逃生的。

最初的日子决不可失败，其余一切都可迎刃而解。最好出生时面容憔悴,然后慢慢晕红含春,我便是如此。我一出世就神奇地明白了许多事,尤其懂得必须使人以为我不懂。起先,这是我苟全性命的秘密,后来,成为我长命的诀窍。

我幸存下来是个奇迹,在母亲的帮助下,我走出明沟暗道,尽管她始终装作若无其事,但打从我见天日,她就把我看透了。

所以,我既无童年亦无少年;所以,我也根本不算成年。

我是鱼漂儿,任水流来回浮托,漂得出神入化,一受涡流冲荡,就把上钩的鱼拖得筋疲力尽。

作为鱼漂儿,我尽力而为,不好不赖,不偏不倚。我认识一些人,生下来就比水重,没有存活。天晴时,我瞥见他们在水底闪闪发光,宛如莱茵河的金子①,但我不妒忌他们,即使交换一千个帝国,我也不会献出一根头发。

---

① 《莱茵河的金子》是瓦格纳的四联剧《尼伯龙根的指环》第一部(1852—1854)。

我对幼年保留着一种混杂的回忆,记得我备受关怀,既被娇生惯养,又经常噼啪挨打,偏偏生性又太强,每挨一次打就觉得受一次欺负,就留下一处创伤,而且永远不会愈合,尽管时光流逝,尽管生活安逸。

当我发现任何安逸发出腐臭时,我便竭力将其丢弃。我虽全力拼打,却不能将其全部摧毁;我担心有朝一日它会重新把我吞没,因为岁月不饶人,重新示弱是必然的。

儿童是示弱之王,从这个角度说,我是王中之王,很会玩弄我的单薄虚弱和矮小多病。我肺部的虚弱和性格的软弱,我过分的多愁善感,构成我手中的主牌和王牌,而且很快测出其力量,恬不知耻地加以利用。

在家里,在学校,在疗养所,我是颤悠悠的小火苗,随时会熄毁;是轻如鸿毛的灵魂,差一点儿飞走;是孱弱者,闷闷不乐却内藏暴戾,唯有我自己能识别。

我一向背后伤人,用谎言和奸诈作为我在社会中向上爬的绝对武器。

我摸爬滚打,孜孜不倦,以蚂蚁的耐心和顽强扒着剔着掏洞建窝，对自己演的戏满怀喜悦。

唯有一条真理约束我，那就是百事无用，凡事绝不要认真。

我以这些原则律己，不露感情不流眼泪不说大话，即便显得生硬无情也在所不辞。窃以为，卖弄自我控制比放松警惕和显得受自己情感和情分的束缚更为重要。

年复一年，背甲越发坚硬。薄外壳变得硬如混凝土，现在我披的外甲无缝无隙，绝不透水，抵抗得住最恶劣的打击。

至于硬甲之下所发生的，只与我有关，我要拿它怎么样都行，反正真假搭配有致。我何时和如何从硬甲下出来随我高兴，必要时重新躲进去就是了。

时下，我正幽禁在里面，都市的喧闹一点儿渗透不进来，门口发生谋杀我都不会知道。

我根本不必与世人随波逐流，也不必因循旧规，更不必参与他们的革命。我腻烦一切革命，一切王八，一切斗争。让他们互相残杀吧，让他们捶胸顿足吧，让他们大合唱和跳卡马尼奥拉舞①吧，让他们大捞好处吧！我呀，从阳台

---

① 法国资产阶级革命时期流行的舞蹈。

上瞧他们。等一切收场了再批评他们。

二

整个幼年时期，我是一个傻小子，受人轻视，有时遭到石块追打。我坐在教室最后一排，用手指抠鼻子，对拉丁文rosa（玫瑰）的变格漫不经心。如今六十多岁，我还能装傻。这是一种庇护所，就像躲在鹰巢俯视便可逍遥法外。只要人家确信你不动脑筋，啥也不懂，谁都对你不感兴趣了。于是他们失去谨慎，向傻子显露真相，而你则兴味盎然地窥视他们。

在家庭，在学校，在教理课，在课间休息，我躲得远远的，独自向隅傻笑。傻笑可聊以自慰，既平息火气又哄骗别人。我也动辄恼火，发作起来可怕得很，一声不吭，两眼翻白，面前一片金星。于是家人往我嘴里塞手绢，等着危险过去，有时把我送诊所，有时干脆送医院。除发病之外，我犯神经抽搐，眼、嘴、手、臂、脚各部抽个不停。走起路来全身骨头散了架似的，叫人见了一定好笑。

之后，我顺着天性，乐此不疲。我隐藏在我的弱智背后。故意流口水，有时尿裤子，大声说杀气腾腾的话，其结果大大超过我的期望。就这样，我形单影只，平平安安，如愿以偿地学业滞后，免掉几乎所有费力的功课。

再者，我津津有味地发现我周围窘态百出，而所有其他孩子卖弄聪明，其实肚子里没那么多货，而我并不比他们笨，但我装傻。故而我很早就故意做不该做的事，这必须有极大的自控力，绝对缺乏自尊心或过度具有自尊心。

所以，在学校我是废料，又懒又笨，但反倒让我自囿门户，独处一方。

任何时候我都不自我作践，保持手净心明，像田间野草似的成长，不管人家说闲话，用我的猫眼和冷笑，以十足的假痴假呆，在最适合的条件下让人憎恶我。

我从自己的小天地看见他们躁动，听见他们谈论，呼喊凶杀，大吼大叫。那是沸腾的工业革命，随之带来隆隆机器千种，水泥地上万人接踵，宛如机动锻锤践踏。

我见到有戴大盖帽的，有戴尖顶盔的，有戴软毡帽的，不戴帽的不多，妇女则一律戴帽，儿童系领带戴贝雷帽，人人手戴皮手套，就像杀人凶手戴的那种，脚上穿鞋。

我多么乐意看见走过光上身的男人，带着光屁股的孩子，穿着薄裙子的妇女，手上托着鸟，身后跟着狗。

我的童年就这般度过，期待同龄儿童，自然是赤条条的儿童，带着五颜六色的鸟和又肥又大的狗。我始终翘首企盼。

我的记忆充斥蠢事，如同街巷。儿时就以触角察觉出来，但浑然不知。我像苍蝇那样看得见后面，躲在角落里则想得起生前的事，而且有巫师般的预感。我眼观六路，却视而不见，原地也罢走动也罢，朝前走往后退一概如坠烟海，什么都看不清，满腹狐疑，沉浸在可怕的寂静中。我不知不觉朝后退了一段路程，发现自己处在骨盆里，头冲下脚朝天，心里好难过，终于失去了自信。

巧克力吃得晕头转向，刚勉强摆脱难熬的失眠，便蹒跚步入生活，如临悬崖峭壁。现在我不必设防了，闭目在自己的狗窝里自得其乐。我神往云雀的歌唱和树叶的飒飒。

直到秋天。之后,我将冬眠,希望有个明天。至于天是否会再亮,那就听天由命了,走着瞧吧。

在这里,我只写下可以讲述的话,日常的下流话,习以为常的顺口脏话。我咀嚼残羹剩饭。

我敢于在鹅塘游泳,在猪沟浸泡。我可以与它们为伍,分享它们的食槽。我花一个铜板吸食蚯蚓,用湿乎乎的粗麻布擦嘴,这都是不被人注意的日常现实生活小节。

我们习惯小折磨恰如习惯小小的自我吝啬和自欺欺人,以便帮自己活下去和互相容忍。

经过努力,不再需要证人和镜子,就变得气吞山河,炮弹似的紧缩一团,随时准备划破长空,所向披靡。

在长空中,我观察自己,瞧着双脚在空中划动,为黄色天顶留下脚影。在生活中,我如履薄冰,如涉雷区,假装信心十足,像煞有介事。

就这样,我穿过令人赏心悦目的森林,涉过清澈的河流和飘着绿色浮尸的大川;我策马疾驰草原,声嘶力竭呼喊,企图唤醒遍野白骨。徒劳无益。

最终将我击毙的，必然是万物的空虚。将向我背后射击，为了我好，让我至少能哀求点什么。

我是焦躁不安的孩子，久久在一切领域的边缘闲逛，野心迫使我呼吸，我竭力丑陋地振翅起飞。我的双爪硬是离不开地面，我的呼唤就是冲不出喉咙。我在无动于衷的人群中感到气闷，无休的烦躁。电梯从不为我而停。人群分这一些和那一些，我处在那一些人那边。

从我的洞穴，我看到火车开过和飞机起飞。每时每刻我都有可能被盲目的火流星撞倒，因为我处在食草的亲人咩咩中仰望全速飞行在假想轨道上的火流星。

我吃得不错，还算干净，有香喷喷的安身之地，备受关怀，但没有归依感，好像出生在一座公墓中，在空荡荡的房间高唱精彩的咏叹调，高诵热情洋溢的信条和令人落泪的曲词。群狗凄凄惶惶回应我，仿佛为安葬而吠叫。

我关在屋里，阴霾低回，门户紧闭，被成人包围，得到冷淡的哄逗。一出生就被葬在有罩顶的摇篮里，心中藏着种种想象的抱负。以为永无出头之日，因为无人教我懂得德行的害处，教我如何阿谀奉承，如何打碎枷锁。

我不得不学习生活，适应冷热，与檐顶之猫和丧家之犬交朋友，走遍城市和乡村，劳我筋骨。

于是，日复一日，我走出坟墓，撕碎尸布，赤条条投入生活。

"你这个小死鬼，下流的小死鬼，一钱不值，"她从天窗向我吼骂，"记住，你只是个活死鬼。"

六十年后的今天，她的聒噪依然在我耳边萦绕，在小道在楼梯在院子在我脑际回响，尽管我当年拼命奔跑。我拔腿飞跑。无济于事。

"别忘啦，你必短命，记住！"

如此咒语留下的烙印，尽管这么多年了，依然难以磨灭。这个恶婆，劈头盖脸咒我死，居心何在？她脑子里想什么？她裙子下怎么啦？

我可从来不想叫别人死呀，连臭虫都不伤害。我举枪瞄准一个人时手直抖，子弹射出去也打不中，任他连滚带跑逃下山，放走一条人命，我好高兴哟。偶尔还想念他呢，让他活着不更好嘛。

那臭婊子却偏要我死。她弄不好会当众朝我背后开枪,直到我在菜商面前倒在血泊里。她恨我活着,跟恨兔子似的。一旦我倒下死了,反倒她有理。这叫我最不甘心。

从年龄看,她已人老珠黄,早该入土了,该翘辫子了。如今她大概死了不少年了吧,谁也不记得她了,还有菜商没准也死了,其他证人都死了。

好像我不知道自己算老几吗?短命不假,但一直活着。何必担心森林整个儿翻转?仿佛头冲下,顶峰倒转?似乎再也不能攀高眺望天边的大海?似乎再也不能听公鸡啼唱,看暮色降临平原和村庄,看家家炊烟像灵魂似的袅袅升天?

我小时候经常期盼洪水再现。乌云初起,我便挟狗上山静观灾情。我觉得此类横祸可以消除我内心的烦恼和生活的无聊,好像我个人的幸福势必倚重于他人的不幸。

然而我爱父母双亲,爱家庭,爱于絮尔婶婶、邻居、女佣和狗,但我憎恶所有其他孩子,憎恶玩具和学校。我真乐意到世界尽头去生活,就是从无线电广播听说的那些城市,那里的人讲外语,演奏悠扬邈远的音乐。

我凝视旧照片,上面总是陌生面孔,他们看上去生活很幸福,似乎相亲相爱。我欣赏发黄的纸张,闷霉的气味,所有这些死者的生活方式以及他们的乔装改扮。

我觉得他们全都了不起,为此我对他们怀恨在心。我祈求上帝凝冻他们,祈求上帝消灭大宾馆门前那些风姿绰约的女人,我看见她们夜间钻进长长的汽车去红灯晚会,通宵达旦。

同样的感受不禁油然而生,每当晚饭后母亲穿着银色套裙,香气袭人地来我床边俯身吻我,然后外出消夜。

异国人的痛苦和艰辛是多么轻松,他们脚踏美丽的鞋子身穿节日的服装该多么幸福。

我尤其想到美洲,想到美洲城市的夜晚,横渡大西洋的客轮,也想到深夜行驶的卧铺列车,它必定驶向幸福。

整个童年期,我因别人的幸福而痛苦,如今我竟憎恨起我的童年来了,仿佛我的童年是不幸的,而……

我多么不公平地偏爱一部分人;而对所有其他人,我是多么蹩脚的审判员,因为我妒忌自己替他们设想的幸福,好像他们的幸福有碍于我的幸福。

让所有的苦役船自由地划行吧,在月光融融的夜晚,在金光炫耀的白日,天长地久无尽头,直到永远。

两次火车的中转,两个生物的联系,两条生命的沟通,这些与活着的人与死去的人或与单独的人都息息相关。通过写信、电话或电报建立人和人的直接沟通,也与狗与树叶与蔬菜与花卉息息相关。一个饭碗,一朵云彩,清早一座树林的拐角或一条低凹道路的某处,一片沙漠或一棵青色雪松的旁边,与每个人发生联系时,不管脚踏旱地或脚泡水中,每个人必定有漂泊感,不过虽有孑然一身之感,但又觉得与世应和。我早在儿时就跟上帝对话,而且觉得跟死人对话要比跟活人更容易。对话从来不是我的长处,我甚至不善于回答问题,充其量能够提出不该提的问题,然后把头蒙进长睡衣,大喊大叫着逃之夭夭。这样我势必憎恶其他孩子,妒忌他们的优势和自如。我自演自奏无人听闻过的交响曲,精彩的康塔塔,诙谐舞步曲,而且以大合唱和大乐团上演恢弘的作品，比威尔第的作品还强劲，以致我整夜不睡觉，给自己讲述最美丽的小说，想象的、未录笔端的小说，作为对应。

时至今日，我还彻夜屏息聆听我的作品，直到旭日将其摧毁。晨曦初露，我的作品便悄悄溜进迷茫的记忆阴沟，与死人的文化和记忆一起消失。

三

朱利乌斯，我的堂兄，讨嫌至极，他父母拿他毫无办法，把他托付给我父母，希望我双亲使他有所长进。在我们家住久了，朱利乌斯成了我手足之镜。他反照给我的形象叫我满心喜欢，在他这面镜子里，我由狗变成狼，由早产儿变成中央菜市场肩挑背扛的强汉。他死于惨祸后，我又变回小狗。总是别人使你成为你自己，在野兽中生活久了，就会学它们的举止，就会喜欢吃血淋淋的肉，就会散发怪气味。朱利乌斯也教我学会在各种水中游泳，热水和冷水，清澈的泉水和阴沟的污水，一概可游。

经过努力，我最终喜欢泥浆胜过清水，觉得清水乏味透了。他教我如何与老鼠为伍，吞食各种残根剩皮，长久待在冰凉的水里，腐烂的残渣里，各种可想象的污物粪便里。老鼠的友谊比上流社会人物的友谊更难获得，当我们是一部分人的朋友，要成为另一部分人的朋友就得逢场作戏。一切在于外表，只需脱去穷鬼破衣穿上宫廷礼服，你就会得到每个人的承认。天生死心眼的人活该倒霉。等到他们想起来用盛装换破衣和迁居肮脏潮湿的地方，那他们得待上几个世纪才会得到老鼠的青睐，成为老鼠的朋友。

生活如飞驰的火车，转眼朱利乌斯身上那块地方已经长毛，我却没有，他的嗓音几乎是成人了，芦笋似的瘦高个儿。他穿高尔夫球裤而我依然穿短裤，他假日独自外出，又坐地铁又乘汽车，而我出家门非得有个女佣陪伴。

他摆出大男人的样子，挺胸凸肚，粗声大气，偷偷抽烟，趾高气扬打量我，其君临天下的神态令人难堪。我恨他，有时巴不得他死掉。

人生中有个年龄段，一切都生死攸关。那是骑士时期，锱铢小事闹得比天大，非得用激进的办法加以解决。孩子受委屈，为雪耻，随时准备赴汤蹈火或要人性命。过了这个年龄，就习以为常了，火气不那么冲了，脾气温和了，等待时机了，降低要求了，忍气吞声了，学会做一般的公民了；公务员精神也有了，假作谦虚，脊梁骨软软的，随时弯曲。于是以婚姻来作茧自缚，之后，脱头发掉牙，坐视皮肤绷紧或松弛，这要看他是胖子抑或瘦子了。

眼下，我是勇敢的骑士，蹦跳追逐我幻想的怪物，恨不得用剑刺穿全人类，刺穿我的狗、我的兄弟、女佣们和神甫，恨不得乱戳我所有的老师。如今到了生命的黄昏，怯懦到了极点，终于庆幸当年没有付诸行动，除对老师们仍耿耿于怀，没有任何遗憾。

于絮尔婶婶传给我一些生活启示，一些格言，一些应万变的秘诀，例如：不要哭就像不要把话说绝，即便很难。

又如，记住前头总会有更难的事，洪水复洪水，坟墓复坟墓。于是，赤手空拳离家，一往无前，俯身拾石子土块和败叶枯枝。一路图景要统统储存。把一星半点的东西拍摄下来，堆积起来，惜土如金，无论微小的结壳还是原始的大石，在任何地区，一概爱惜有加。爬坡下壑，对平川和旱地，田野和石堆，如同对腐殖土和苔藓物，一概满心喜欢。不要鄙视污泥水洼岩石，而要把无益当成自己的宝贝。永远不回老家，义无反顾往前闯再往前闯，到死才闭眼。轻装出远门。不背褡裢，不拿棍棒，只有土和草，几棵树，不可太多，绝不要鲜花。不要音乐，只求大地的静谧，那是大地唯一的音乐，无声的音乐。

童年飞逝，光阴似一群飞雁，只留下雁过的气息。之后，咱就走下坡路，把脑子灌得满满的，越来越坏，越来越不信上帝。

童年是圣饼。我的童年过得快似闪电，有点儿像噩梦，眼睁睁看着我搭建的空中楼阁一座座倒塌，自以为顶天立地男子汉的幻觉也随之破灭。

我告别童年比进入童年时更脆弱，无奈失去一切自信，看到先前——尤其在晚上——我被家人抱上羽床后像收集藏品似的编造的那些希望——破灭。

可我的童年老过不完，实在不合情理，尽管岁月流逝，尽管经受磨炼和屡见人亡。如今我依然说话结巴，每天学走路，发现窍门而深藏不露。我虚与委蛇，虚情假意，坚持要穿着童式短裤度过人生。

我的少年史不大好公开讲，它并不比我的幼年更完美。从中看得出有些未消化的好原则，觉得很受用的创伤，对他人和否认的厌恶。

我度过青年岁月时老怀念童年，期望快快衰老，确信我的前程福星高照，但梦想一再破灭，周围一片闻所未闻的狂乱，我所学到的一切几乎全盘崩溃。

童年结束，我平步踏入青年，与众不大相同的青年，跟我记忆中的青年尤不相像：记忆摧毁和歪曲的要比保存的多。

那是微不足道的历险，见不得人，窘况百出。我宁愿后退，倒着往后走，叙述我的结局，但那是为了下辈子，地狱之后的事了。

母亲会客厅的白牡丹,我至今记忆犹新。她把牡丹搭配成束,插入蓝色花瓶,放到窗旁透风,遮阳帘放下时,橘黄色光线与其交相辉映。这在我,在我的圆脑瓜里引起的震撼,强过所有别列津纳河①式的大撤退,强过所有未定的明天,我要是消失了,明天就不一定存在。

就这样,在我固定的午睡时分,从半敞的门进来的一束阳光,从隔壁小客厅传来的母亲的声音,夏日午后激动人心的等候,我们窗下砾石路上的脚步声,一千年后都是这帝国绝妙的见证,比山峰的岩石,比意大利的全部大理石更有力。

小河就这样流过。我家花园尽头那条清凉的小河湍湍流淌,我眼见一根细枝从别处漂来,光滑滑的,多半腐烂了。但它从容不迫流向海洋,跟其他枝叶和落花结队,即使一时被落水的树枝挡住,被桥墩阻拦,被洗衣槽板留下,但依然让水流带走,它马上经过我们邻居家,今晚漂得更

---

① 别列津纳河在白俄罗斯境内,从俄罗斯撤退的拿破仑大军1812年11月顺利跨过该河。

远，经过陌生人家，彻夜漂流，一生漂泊，连恺撒大帝都挡不住。真叫人欣慰。

猫从屋顶掉下，耶稣慈心会的嬷嬷们立即拉响红色警报，招来一大批警车和救护车，又是警笛又是回旋探照灯，忙得不可开交。差一点儿天崩地裂，活像最后审判日。我，非蛇，非猫，非嬷嬷，对这般热心莫名惊诧。我六岁时掉入井里，谁也没当回事，没惊天动地，也没求上帝捞我上来。却在井底听得父亲在上面破口大骂，说从未见过我这号傻瓜，扬言不给汤渴，定要痛打屁股。汤，我从不在乎。留给惩罚我的人喝吧，不过珀皮塔用木薯粉和面包丁确实做得一手好汤。

我待在井底，屁股泡在饮用水里，抬头只望见一圈蓝天，嵌着疯子般怒吼的父亲脑袋。六岁不是白活的，那情境不说美妙绝伦，也算得上美不胜收。毫不谦虚地说，像在我尘世生活的那一刻，窃以为一个普通孩子是掉不进井里去的，或掉进肯定会摔坏点儿什么，并娘儿们似的鬼哭狼嚎。我满可以捉住一条毒蛇，在众目睽睽之下将它掐死，满可以救活我溺水的姐妹或狗，满可以扶助瞎子穿过千万条街道，满可以完成其他什么光辉业绩，但无论哪种业绩都比不上我落井的那般气概，那般出色。

父亲却不以为然，无视其伟大。普林尼若在世见其状，定将大书特书。

我动不动就头撞墙，不断地乱动，无缘无故地喊叫，因此家人带我去看医生。他们悄悄商量管束，谈论不远的静处有一家精神医院，说什么我需要镇静和休息，没准一切还会恢复常态；他们谈论我的神经状况，认为我跟别人大不一样。我完全明白，自由掌握在他们手里，不属于想法活法不同的人，别的世界的人，调皮捣蛋和瘸腿的人。

我大概属于见不得人的厌物一类，该关，好比多一爪的家禽，在饲养场里很刺眼；又如长六指的，在教堂出口遭领圣体者指脊梁骨，总之，属于小怪物类，生下来就该扔掉，不早扔掉就不知如何摆脱。

怪物们则有很体面很安静的医院，栅栏和隔音墙一应俱全，离大路远远的，让其他孩子听不见他们的喊叫。

家人就把我安置在那种地方，那里有老有少，有肥的有瘦的，有高的有矮的，我的新家。

家人希望忘记我就像忘记死者，希望我在那里了却一生，身穿白褂，打镇静剂，规规矩矩，一声不吭，视而不见，听而不闻，可以说成为理想公民。

这等于忘却我血管中奔腾的血比风更强劲，忘却上帝保护自己的造物。有朝一日我也会说出这些，讲述我的长征，但进紫禁城嘛，要等下辈子了。

火焰摇曳而永不熄灭。我老鼠似的掉入陷阱，但夜里，别人睡觉，我却编造异想天开的计划，永无止境地逃跑，越过海洋到远远的地方，那里是一片花园，由静静的河水灌溉，动物们到处相亲相爱。

我逃跑时在街上被抓二十次，奔向火车站，头发蓬乱，衬衫飘荡，逃离疯人院奔向新生活，一往直前奔跑，像死人逃离公墓。

其时我的脑袋充满各类音乐和各种希望，我仿佛吊在黑夜的大门上，让黎明在我的伴陪下升起，对一个新世界充满空前的希望。

每当走兽失去尾巴,只剩下上帝替它赶苍蝇了。

当心能说会道的、舌如利刃的家伙,他们时刻使你认兔子为紫貂,让你吃耗子肉却硬说火鸡,愣说能使腊肠跳华尔兹舞。

每当误了一趟火车,心里只有一个愿望,恨不得火车出轨。

家人带我去马戏场,我哭;去动物园,我哭得更厉害;去儿童点心聚会,我觉得他们一个比一个讨嫌,要么我独自向隅不语,要么跟拿我当出气筒的伙伴们在一起。实际上,我没有伙伴。我的快乐是自个儿一边待着胡思乱想和做无政府主义的白日梦:幻想把世界炸毁,把所有的同学和老师炸死,化成巨大的烟火。我憎恨学校,那是邪恶的兵营,比监狱更糟糕,那些无尾狗尽教些无用的东西；我憎恨周围同龄同学，尤其好学生和孩儿王，我嫉妒。

我只同情受罚的人，同情我这类的失败者，同情最好别出世的早产儿，同情畸形者、红头发者、结核病人，同情因为穿打补丁的裤子和渗水的鞋子而受嘲笑的人。我喜欢的孩子，他们的母亲都不好看，我讨嫌迪布瓦，其母来学校领他时头戴宽边帽，脚穿高跟鞋，涂脂抹粉，像个名声不好的女人；我最恨布朗瑞，他跑得最快，回力球和双杠班上玩得最好。我不知不觉地嫉妒迪布瓦和布朗瑞，恨不得亲眼见他们死了回归大地，尤其恨迪布瓦的母亲，她根本无法跟我的母亲相比。

像这样装模作样的臭女人，真乐意看到她死在我面前，真想有一天人流如潮，星期六放学时，或初领圣体的日子，她在众人面前扭伤脚滚到阴沟里，连同她的鳄鱼皮手提包、白手套和银色狐皮大衣统统滚进阴沟。那将是我一生中最美好的日子，若是那样，我将永远相信上帝。

朱利乌斯自幼就对人对事毫无顾忌。他以反叛起家闹革命，是否想在污浊中找到改变世界的办法？他在教堂里连连放屁，家人告诫我们那是大罪。我们的保姆加德内小姐为此惊恐万状，脸红到耳际，紧闭双眼仿佛没听见。她不敢捂鼻子，一边把头埋在祈祷书里，一边窥视左右，查实别人是否听见。在卡布尔，我们谁都认识，这就更叫人懊恼。确实恶劣，不雅，而我暗自高兴，觉得朱利乌斯委实勇敢，了不起。

一天下午在海滩上吃点心的时候，我记得很清楚，保姆叫他到浅滩去小便，然后回来吃点心。他，装着准备去小便。她，毫无提防，把他抱坐在膝上，替他系围嘴。他当即把尿撒在她白色紧身套裙上，装出若无其事的天使模样，嘴角朝我露出一丝微笑，示意好戏开场了，让我密切注视剧情发展，切不可遗漏细节。她，加德内小姐，没有喊叫，想必我们周围有人认识我们，有别人家的保姆。她会怎样装蒜呢？小姐悄悄领开他后，把他的屁股浸泡在水里作为惩罚，引起他杀猪似的嚎叫，然后回来跟我们坐在沙滩上，装出轻松自如的样子，但她紧身套裙上有一摊显眼的湿迹，恰好在不该有的地方。有所察觉的人一定以为她随地小便了哩。朱利乌斯这一招实在太棒了,与另一个人狼狈为奸,干下无懈可击的罪行。

四

跟父亲旅行,总乘火车,哪怕近在咫尺。他喜欢火车、火车站、蒸汽机,甚至车厢厕所,即便走廊尽头总有点儿臭味。他恨不得亲自开火车,只带上我们——朱利乌斯、我母亲、我姐姐和我,不受约束,有权停车,离轨,野餐,折回,甚至不管有没有轨道都随意横冲直闯,就像1914年前他在第八轻骑兵团当兵骑马那个样子。

在火车上我们全家吃煮鸡蛋蘸盐、牛奶和面包。我们喝柠檬汽水,因为天热,开瓶时像开香槟酒嘭嘭作响,我们互相传递,对着瓶口喝。所有吃的喝的全装进一只篮子,盖上一块方格巾。

至于我，最高兴把车窗放下，头伸出窗外，让疾风扑面，吹得透不过气，满眼煤屑。耳听机车气喘吁吁，鼻闻煤烟臭气熏熏。这光景活像演电影，不知不觉浸沉在历险的氛围中。

每当火车停站，必有混乱，声乱，慌乱，一片匆忙叫人心怦怦直跳，再加上站长下口令吹哨子，车门一一喀嗒扣上；每当火车重新开动，心里又要激动一会儿，尽管车身笨重晃动，车轮嘎吱作响，车厢间的车挡砰砰碰撞。

父亲看看挂表，对照大时钟，查看时刻表，懊悔未带指南针，俨然以夏尔科①自居，不顾母亲嘲笑，因为她一向听天由命。

时不时一列快车交错而过，震天价响，叫人心惊。此时必定想到快车所载的客人，来自天涯海角，讲外国话，其中有风雅女子，有保姆照管的富崽。令人浮想联翩，不愁整个冬天没有梦想的储备了。

到达前早早扣上提包，戴上鸭舌帽，穿上大衣，套上手套，父亲从行李架上取下皮箱，堆在门旁走道上。带这

---

① 夏尔科（1867—1936），法国著名学者，海洋学家和探险家。

么多行李下站时间太紧，而且上下站的人群挤到车厢门口，携儿扶女，还拖着全部家当。

每次去东部，总有一辆汽车到火车站来接，汤姆叔叔的克利斯莱轿车，并由他的司机为我们提皮箱包裹被毯。

于是一次神奇的历险开始了，简直像世外桃源，有种梦想成真的感觉，至今我尚未融会贯通，诉诸笔端。

当局不顾自然规律，决定竭泽，另派用场，我们家祸从天降。竭泽之初，情况还过得去，我们仍坐小船游湖，但船碰湖底，激起阵阵淤泥恶臭。我们家屋朝湖面，再加上预料竭泽后要造大批房屋，于是我们便把一切变卖了，把中国家具波斯地毯以及湖滩用具统统三钱不值两钱卖掉了。我们反感至极，打点行李乘火车一走了之，脑子充斥回忆却空无计划。我们回到巴黎，随波逐流，好似羊群，带行李的羊群而已。

母亲一向雷厉风行，却不禁泪水纵横，她手提野餐食品包，肩挎大皮包，里面塞满最珍贵的东西，诸如圣像、银器、卖房的钱和我们的游泳衣。

那时的日子不好过呀,大家相对无言,光听见呼吸声。每当大家面面相觑,事情必然不妙。正常人平时听不见别人呼吸,因为呼吸声被说话和嬉笑淹没了。相反,人要死的时候,就听见呼吸了。许多自然界的东西莫不如此,等到生命中止时才发出声响,比如树木,噼啪裂开,哗啦倒下,这才引人注意,先前谁也想不到,只觉得树荫底下好乘凉。

火车在卢瓦河畔蒙迪迪埃和圣菲利贝尔之间抛锚,周围一片旷野,天热难熬,令人永生难忘。没有检票员,没有解释,只听得机车喘粗气,好像快完蛋了。乘客临窗提问,尽是愚蠢的问题,一向如此。父亲心中没数,硬显得泰然自若,不过无精打采。湖涸前我曾见他威严得很,竭泽而渔的事给了他一次打击。我们的船老大显得无能为力,而父亲他,总那般呼风唤雨,不可一世。

隔壁包厢一个篮子里有一条狗和几只母鸡。蒸汽机牵引的时代有时见到这种情景,后来少见了,再后来完全见不到了。如今若有这等事,会成众矢之的,可那个年代并不引人注目。畜生渴极了，狗伸长舌头，母鸡喘不过气，好像快死了。父亲古道热肠，想从食品包取水壶给鸡狗喂水，母亲跳将起来阻拦，我从未见过她如此火冒三丈，活像女巫，活脱脱瓦格纳的女武神①。她夺下水壶放回包里，当众评说父亲，言词尖酸。大家暗自高兴，但小偷似的望着水壶。假如火车老待着不动，天这么热，厕所的水又不能喝，那有可能演变为惨剧的。别人为强夺水壶没准会把我们宰了。瞧他们一个个杀气腾腾的，我和兄弟提心吊胆，颇有犯罪感，因此怒火中烧。我们若随大流，毫无准备，未带水壶，不至于大祸临头。慢慢地，火车启动了，带着呻吟，仿佛车轴生了锈。父亲一直好用格言警句，为稳住阵脚，他说：

"车轮转一圈是一圈，总比不转要好。"

母亲做出心领神会的样子，耸了耸肩，以示赞同，十分得体。其他人一声未吭，剩下的旅途平安无事，不过到达巴黎时五只母鸡中有三只死了，给母亲良心上留下三条

---

① 系指瓦格纳四联剧《尼伯龙根的指环》中的第二部《女武神》（1854—1856）。

死去的生命。我们下火车时，水壶还是满的，别人瞧我们怪怪的。我们赶紧钻进地铁，活像溜之大吉的凶手。

五

父亲在家与卡拉梅洛斯教授会见后，改变了不少事情。他，起先自以为非常了不起，坚信自己所受的教育原则，企图抵挡教授很强的个性：教授的某些革命理念着实叫思想正统的人反感。

卡拉梅洛斯生于奥林匹亚，父母亲很不体面：父亲性欲倒错，母亲好酒，委身多个男人。他一切靠自学，从说话的方式到吃饭的姿态，包括日常生活的一切举动。倘若他不得不学父母的样，那他根本不会成为杰出人物，有学问有教养，善于待人接物，与人愉快相处。

父母抚养不力的人特别有才能教育别人的孩子。卡拉梅洛斯便是如此，他少年立志，以教育为天职，后来其光辉的大学生涯众所周知，他接连担任无教授头衔的授课教师，随后出任平克城国际大学手淫学课程正式教席，再后荣任手淫学专业名誉教授，外加几所科学院外国通讯院士，蒙塔吉大学和皮蒂维尔大学的名誉博士。最后有必要指出他是《比较国际法手淫学》和《手淫学史》的作者，两书均具权威性。

卡拉梅洛斯事事都有独特见解，从营养到人体抵抗力，即抗疼抗灾抗热抗冷的能力，包括道德、政治、宗教、哲学、一般风俗和个别风俗，其基本原理是，思想上不应随波逐流，若要想得对头只需跟别人想得不一样。

他同时认为二十世纪充斥因循守旧和排斥异己，显示头脑普遍僵化，不断查考古代史借以表示老人的青春，群众的昏聩，精英的先天性退化，希腊以降的人和人性的不断堕落。

教授闯入我们家的主要结果，是把一贯在我们身上施行的教育体系推翻了。父亲原先像别人教他那样教我们思维，就是说随俗浮沉，但很快因时制宜，改变了方向，根据教授的原理，教我们永远不要与时俯仰，要我们保持本色，使我们每人成为独一无二的人物，就是说一个个难以归类的混世魔王和无能之辈。我们幼时他大加管束，之后他尽力放任我们野草似的成长，甘冒舆论之不韪，不顾多数人意见，不抡大棒不搞拉平，往下拉平是大众教育的特性。因此我们不再像其他孩子那样受培养，只要学校教孩子们什么，我们家就叫我们唱反调，至少涉及人文科学时是如此，因为父亲无权化直线为圆圈，变三角成方形，也无权改变度量公制。他深感遗憾，但无能为力，然而有关哲学，甚至历史，那他对官方教学就不以为然了，弄得我所有的考试都不及格，只好去攻读进化数学和波动数学，他对此一窍不通，无权曲解。

我以后再叙述我们的个人卫生，我们的体育和食谱同样深受教授的理论影响，我希望能论证其优点，尽管有些过分。想用豚鼠做试验又不想打破瓶瓶罐罐是不行的。

教授忠心耿耿服务了几年之后便消失了，他来无踪去无影，谁都不知道他去做什么了。他与我们家的关系疏远之后，相隔很久捎来一点儿消息，但从未再来我们家。几年后，我们获悉他在英国遇到了麻烦，因鸡奸罪被囚禁在伦敦老贝莱监狱,但这不妨碍他是个好教育家。今天我能有铁的体格,多亏了他;对我来说,冬天之所以与春天相仿,正因为父亲按他的忠告,从我幼时就教我顶寒冒冷,无视冬天,战胜冬天。

父亲认为,躯体只应是精神的工具,单纯的实施者而已。他教导我们与别人相反,不做躯体的奴隶,而做躯体的主人。体渴了,就让喝;体饿了,就让吃;体冷了,就让穿;体困了,就让睡;体累了,就让歇。如此行事,会使身体养成最坏的习惯,听凭指挥,任其懈怠,越向身体的欲望屈服,身体就越贪得无厌。

如果教孩子强迫躯体做困难的操练,而且天天锻炼,他们会发现想做的动作几乎都能做到,让躯体弯曲,朝各个方向扭动,几乎解除一切享受,习惯冷与热,适应戒忌与疲劳,将其塑造成精神所需的躯体,毫无拘束地达到自我完善。

躯体的劳役是精神自由的关键。

身体以自甘吃苦为乐,苦头越吃越甘甜;越劳其筋骨,身体就越变得自如、轻健、振作、灵巧,就越热爱生活。至于精神,摆脱一切肉体束缚,拨开其必然导致的雾障,那就可以随意地行驶、发现、游历、翱翔,反正有个随机应变的躯体为其服务,随时执行命令,竭诚效劳。

当然皮肤总要皱的,机能自会衰退,头发发白脱落,视力下降,耳朵变聋,但自由的旧躯体是旧世界的支柱,就像盲人中的独眼,老狗群中的老狼。

我们家各处的房屋都按卡拉梅洛斯的建议把挂钟拨停,并非中断时间,亦非中止时间流逝,而为学习像尼安德特人①那样自己测度时间,仅为回归自然,返璞归真,也有那么一点儿对各种机器的憎恶,自然以此来煽动我们的情绪。我们走向太阳,走向光明,不是盲目胡闹,更不是时钟的朝贡者,而是我们自己,正如上帝把我们造成的那个样子,反正不差呗。

我们也摈弃了所有的日历,无非为了训练记忆力,就像费森谢特里克斯②以前根本没有日历。我们对什么都烂

---

① 1856年在德国西部尼安德特谷地发现古人类头颅化石,属旧石器时代中期,考古学家将其命名为尼安德特人。
② 费森谢特里克斯(公元前72—前46),高卢人抵抗罗马人统治的首领,后失败被俘,在罗马的监狱遭暗杀。

熟于心，不用参考邮政年鉴，更知晓耶稣出世以来大体发生的事情。比照戴手表和带记事本的普通孩子，就显出了真正的优越性。

这迫使我们发展本能，好像我们真是动物，不得不如此，其他孩子则相反，良好的教育必然抑制各种天性。

确实，教养有素的人不显山不露水，本能和反射一概收敛，一举一动深思熟虑，离不开时代、身份和语境的需要。他们成了反自然的机械男女，训练得能控制人的本能行动、独特情趣和情感冲动。他们好比开动的马达，一旦发生机械故障便身不由己，而我们家，凡事顺其自然，正如圣父所期望的。

就这样我们自然而然喜欢蜘蛛，我们大度无畏，我们望天问时辰，测天气；万物正常的演变最不应该受干扰，可自然教育现在不时兴了。

本堂神甫得知我们家发生的事情，每星期做礼拜时都当众提醒我们："当心本能！"他布道时喋喋不休："否则后果不堪，最轻的上告解座，最严重的上法庭进监狱，弄不好上断头台，教友们，学会抑制你们的本能吧，提防本能如瘟疫,不要像畜生那样生活,而要根据福音书的教理做上帝的孩子。"

这等于往我们的水塘踢进一大块石头,并且不是用脚尖踢的,而是用乡下本堂神甫穿的大木屐踢的,归根结底他要我们进地狱,先在监狱过渡一下,最后没准送上断头台,多么可怕的前景,足以吓得基督教徒浑身冰凉,使人以为上帝按照魔鬼的形象塑造世人,只是为了取悦教士。

我们的小学老师若不是世俗的、共和派的,没准也会来望星期日弥撒,也会听得津津有味,可惜儒尔·费里①不答应,算他没运气。

我们全家望完弥撒出来昂首挺胸。我们得到指示,不许贴墙而行,要堂而皇之走在路中央,我们跟着父亲群鸭似的鱼贯而行,我们既非胆小鬼又非小偷,我们更不是害群之马。

我们是上帝的宠儿,与众不同又跟大家一样,心中的

---

① 儒尔·费里(1832—1893),法国政治家,曾任教育部长等高职,领导改革国民教育,实行小学世俗义务教育。

上帝不比别人的少。我,深信不疑,而且内心认为,其他许多人都微不足道。

考虑到我们行事与众不同,教给我们的东西要前后一致,家人教导我们要严以律己宽以待人。

不言而喻,应该自己跟自己过不去,哪怕原地不动,无所事事,整天睡觉。宽以待人这条原则大可争议,因为可能导致形形色色的奴役。有很多时候必须下得了手,朝别人脸上扔方石。所以,我不顾父亲见怪,选择了严以律己的同时也严以待人。

组织有序的社会,甚至是——尤其是——民主社会,都是弱肉强食的世界。这种世界是最有组织的社会,正好与无政府状态相反。最强者君临天下,较强的吃掉较弱的,以此类推,直到吃掉笨蛋,而笨蛋只好吃草。

为此必须刚强好战,吃掉别人为了不被别人吃掉。必须抖搂跳蚤,清除灰尘,痛批平庸思想,痛骂思想正统和笃信宗教的人,推倒享有遗产的寡妇和初领圣体者,堵住教师和法官的嘴巴,把这帮人统统抓起来,让他们见鬼去。然后,自由自在地呼吸,平心静气地呼吸,大家一律吃草。

不干不净吃了没病,从这条原则出发,相关的命令下达厨房,规定蔬菜不洗不去皮。事情在街区刚刚传开,有些邻居便送来菜皮果壳,其中的部分垃圾一向很受我家欢迎。母亲怀疑父亲夜间去捡垃圾,但从未证实。况且,我们周围许多家庭模仿我们,垃圾场和垃圾箱已无物可寻。菜皮果壳越来越难得。共睹我们茁壮成长,很多人求教父母亲我们身强力壮的秘诀。事情一传十十传百,好多人都来我们家取经,父亲居然成了"大祭司"。其实大家并不知道全部内情,因为发生过一些预料中的事故。我们当然不会把家里发生的一切全盘托出。不然哪个糊涂虫没准会报告警察。关于菜叶果皮,倒好解释,吃了也不会对人真有什么坏处,况且其原理在科学上可以检验。维生素不在吃掉的部分而在扔掉的部分,诸如在胡萝卜茎叶上、马铃薯皮上、白菜根上。好消息不胫而走,于是家家吝啬菜叶果皮,什么也不扔掉。近地方圆无菜根,远处天边无菜皮。

后来，人人争吃过期食物、变质肉、发酸乳品和臭鱼虾，一致以为含抗菌素效力，差一点儿让药房关门。大家等食品变色才吃，等长菌发霉腐烂，等食品储藏室散发出怪味儿，所有的食品只用腐水冲一冲就吃。

我们乡镇的居民不伤害任何人，明的暗的缺德事都不搞，和善守法，缴纳各种捐税，本可平安无事，不料一个北方铁路退休工的毛孩子让-保尔·若利布瓦脸上出现青一块紫一块的病斑，世上本无事，他偏偏得了恶性腹泻，呕吐不止，这是从未发生过的情况。

父亲说：糟了，他给咱们惹麻烦了。只要出一个若利布瓦这样的臭小子就足以损坏一场无与伦比的科学实验，就足以使我们一直退回巴斯德时代，退回营养学的中世纪。

星期六晚上我们看到救护车来了，大家心里明白巴斯德占了上风，准备迎接宪兵来访吧。

宪兵造访的情境至今历历在目，他们踏进我们家恰似来到凶手家，头戴军帽，脚穿脏兮兮的筒靴，踩踏打蜡地板和东方地毯，凶煞煞查问，暗示我们要坐牢，影射我们见死不救，不慎杀人，非法行医，虐待儿童。

我立即说我们这样很幸福,不愿吃别的东西,喜欢赤条条跑雪地,身体十分健康,万事不求人。

军士长似乎感受强烈。我们确实显得很健康。而他们,与我们相比,却不大健康,满脸出疹,红肠似的浮肿,皮肤充血发红,动脉负载重得快破裂了。我们请他们不必拘束,松开腰带,解开上装,畅通呼吸,再把筒靴脱掉让脚透气,随意放松。他们瞧着我们,不知我们葫芦里卖什么药,是侮辱执行公务者还是好心。当他们明白我们不想使坏,便开始放松,有的摘下军帽,有的脱掉上衣,有个人干脆光脚丫子。我们请他们喝掺香柠檬的橡栗煎剂,他们挺喜欢,于是我们平心静气谈教育,向他们解释我们那些稀奇做法,当然没有全说。

军士长打电话给共和国检察官,请求他收回逮捕父亲的命令。

"确实,是的,检察官先生,他们全家半露身子待在没生火的屋子里。他们从昨晚起一直没吃东西,可是不饿。"

"……"

"不,不,检察官先生,屋里没有臭味,反正不比您家或我们家更臭。"

"……"

"绝对没有，共和国检察官先生，没有一个孩子身上有挨打的痕迹，女人身上也没有伤痕。他们显得很幸福，十分健康。当爹的有点儿神经兮兮，但也算不了什么。"

"……"

他们搜查我们家时，对大走廊的吊钩生疑，停下来跟我们纠缠不清，查问为什么吊钩的数量跟家庭成员的数目相等，仿佛我们想采取戈培尔式的全家自杀。我们没回答也没解释，因为他们根本理解不了，没准会以为我们全都发了疯。解释，是自我说服并说服已被说服者的一种方式。别人不理解活该倒霉，不跟我们同舟共济的家伙活该倒霉。

要向他们解释人体是个密封的大口袋，血在这口袋里流通是有组织的吗？由于重力，血液必然往下流，即便心脏向四面八方泵送。站着或坐着，脚部得到的血多于头部。为了向头部灌输血液，就必须经常头朝地脚朝天，最简单的办法是把双脚吊起来。这就是为什么会有那些吊钩，我们习惯倒吊，把血送向头部，同时也送向牙齿、头发、耳朵、眼睛。因此要把聋子倒吊使其听觉恢复，把秃子倒吊使其头发重长，把近视眼倒吊使其双目明亮，把傻子倒吊使其变得聪明。

父亲把他的理论推得更远，坚持认为人体充满理念，由于地心引力，理念失落脚底而不上攀脑际。他主张倒转人体，恰如颠倒沙漏，让理念装满脑袋。他的理论，科学上完全站不住脚，但我们很喜欢，又给了我们一次机会显示与众不同，这并不妨碍父亲失落牙齿耳背失聪。理论的重要性，在于信以为真。也应当相信书上写的，应当相信人的存在，人活在世能做点什么，人有所归。

这就是我们的倒吊理论，沙漏理论！每当倒吊松绑，各人赶紧跑去找笔记本，把自己油然而生的思想实录下来，免得又要失落到脚底。

我们年轻时干了多少荒唐事呀！我们坐金轿车过日子，脑袋向着外星异想天开。我们曾是世界的主宰。

以上是童年绝妙的片断，一片片脱落，宛如一块块岩石从古老的大山滚落。它们将化为乌有，与我一起消失。这一切的销声匿迹不可避免，也许很有必要，包括动人的回忆，巨大的悲哀和微小的快乐，大笑和痛哭，豪情满怀和心如刀割，这些童年道路的标桩。我走后一切荡然无存，只剩下一些发黄的照片和久远的影片，谁能认得出我？

海滩上穿泳装的小男孩，脸色发黄，头发姑娘似的鬈曲，旁边一位美丽的女子，大概是他的母亲。稍后，一位保姆带着另一个男孩，年龄稍大一些。再后是两个穿连衫泳裤的男子，活像集市上的斗士。更后是其他在沙滩上玩的孩子和穿夏装走在船跳板上的乘客。

这很可观，很了不起，但又微不足道。在电影中，大家开始动起来，一个个卓别林似的手舞足蹈。摄影机把他们吞没，这是追溯时间的机器，唤醒亡人的机器，使他们重新能在跳板上享受晴朗的天气，假期最后的时日和海水涨潮。母亲美丽夺人。她脱下浴衣去游泳，一直游到第一批船边，然后走回我们身旁，摘下泳帽。她到更衣室喝杯药酒暖暖身子。这是用橘皮熬的甜酒，祖母专为沐海水浴的人准备的。然后我们整理玩具，关上更衣室准备次日再来。全家回到别墅,洗澡,晚餐。生活多么简单。日复一日,没有任何事情使孩子们想到他们面临世界的末日,战争即将把这世界永远摧毁。

六

战争降临时,我们在卡布尔,正是我们初领圣体那天。对于我们这些孩子,战争这个词毫无意义,即使父母亲成天谈论,每次聊天都提到一些人名:希特勒、加默兰、达拉弟、贝当、墨索里尼、勒布伦、艾登,等等,他们在我们家聚会中时而出现时而消失,如同木偶戏角色进场和出场。驼背丑角殴打宪兵,宪兵殴打驼背丑角,仅此而已。不用说我们早已离开巴黎,待在诺曼底,星期天听广播,舍弗罗大主教在巴黎圣母院布道,莫名其妙使我联想一只山羊羔①在大教堂登堂入室,在我看来俨如神明显圣,从

---

① 舍弗罗(Chevrot)和山羊羔(chevreau)是谐音。

彩窗透进的阳光正好照在他身上,形成一圈光轮。

于絮尔婶婶讲述大写的大战①,要不然就唠叨普法战争。我们若稍微怂恿一下,她没准会大讲奥斯特利茨战役和十字军东征哩。

我们毕竟介入了一点儿打仗,因为朱利乌斯和我参加贝诺先生的合唱团,高唱《越过洛林》和《我将去齐格菲防线晾内衣》②。

这些歌一唱再唱,唱得确信打胜仗。最后大厅全体起立,以《马赛曲》结束。我是祖国的孩子,听到凶残的士兵们在咆哮,见到他们的脏血浇灌我们的田垄。眼下,正当德国鬼子突破马其诺防线,我却送自己去齐格菲防线晾内衣。

初领圣体那天,我身穿埃通中学校服,左臂别着白色臂章,戴白手套的左手拿着祈祷书,同样戴白手套的右手托着一支蜡烛。如果说基督教徒中只有一个圣人,那天便

---

① 指第一次世界大战。
② 齐格菲防线1936年由希特勒下令建造,自卢森堡至瑞士边界。1944年11月至1945年2月,德军从法国退却后在此死守,是年3月被美军攻破。此处防线的"线"和晾衣服的"线"是同字异义的文字游戏。

是我：我多么相信上帝，多么干净和纯洁，与天使为伴进入天堂。必要的话，我可以跟贞德一起登上火刑堆，跟圣塞巴斯蒂安①一起让乱箭穿胸，兴高采烈地让群狮吃掉，于是我确信自己在天堂的地位，确信我在上帝的右手边复活。不幸我的蜡烛化偏了，蜡泪滴洒在我手套、袖口、裤子上。我毕竟乐不可支，尽管仪式因我憋尿而大煞风景，也因为我领圣体时让臂章掉落而十分尴尬，不知应当先捡臂章还是先领圣体饼，我脸红极了，很受委屈，出来时已经不那么虔诚了。

弥撒望完出来，风和日丽，理想的天气，帽子在阳光下像彩色折纸灯笼似的旋转，给教堂前的广场平添节日气氛，尤其初领圣体的少女们穿着处女套裙，半似修女半似新娘，为之增光添彩。我，无奈光想着撒尿，想找个安静的角落，但必须先摆姿势照相，跟这个照跟那个照，集体跟主教照，没完没了。就在照相时，天空突然出现法国空军的旋翼机。大家向他们挥手，惊异我们的直升飞机祖先

---

① 圣塞巴斯蒂安（？—约288），早期基督教徒，文艺复兴时期的画家们常以他的殉道为题材，把他描绘为乱箭穿身的英俊青年。

进化成怪模怪样的昆虫。顷刻间节日大变样,对宗教不敬不信了,"军队万岁!"的呼喊声此起彼伏,人人仰头朝天,希望油然重生。我们也许能打胜这场该死的战争,赶走德国佬,朝他们屁股狠狠踢一脚。但突然一种古怪的呼啸声传来,没一会儿便听见乡政府和学校那边发生可怕的爆炸。立刻,我父母、全体初领圣体的孩子、他们的父母奶奶姥姥、主教、唱诗班儿童,统统卧倒,鼻贴草地。嘿,我听到喊叫,看见掀开的裙子,良家妇女的大腿在我们周围翻滚,于絮尔婶婶甚至露出屁股,我的表姐(其时我已认识)也屁股毕露。旋翼机离开后,我们好不容易爬起来,节日早已无影无踪,开始清点人数。因为没有死人,所以清点活人。但学校给炸个精光。后来听说是意外事故。一颗炸弹在旋翼机下没有固定好。主教趁机说是奇迹,适逢初领圣体日,学校空无一人,全镇人都在教堂。可见,如果人们常去教堂,战争造成的死亡就不会那么多。对我而言,就是在那天,奇怪的战争结束了,真正的战争开始了。战争虽然不怎么好玩,但我们仍旧很痛快。

那场该死的战争打得人不知鬼不觉。甚至没来得及吹牛充好汉，发布假公报，宣告假胜利，庆贺英雄，欢呼元帅。大家哑巴吃黄连，议员们、部长们、将军们、父亲们、母亲们、保姆们、军人的孩子们。气氛实在不妙，有种溃逃和大抢购的恶臭。处处老朽不堪，连年轻人都未老先衰了。真正勇敢的、货真价实像于絮尔婶婶那样的爱国者，委实凤毛麟角。他们是第一次世界大战的幸存者，鬼火似的哆哆嗦嗦，满肚热心肠，空口乱骂人。于絮尔婶婶若有一两个团由她指挥，加上几辆坦克和几架飞机，会把德国鬼子打得人仰马翻，赶出法国。然后她枪决勒布伦、加默兰和达拉弟。还要处决一大批。她爱清洗，把一切不行的、一切不中用的统统杀掉。

她假装端起机关枪朝人群扫射。这可是第一流的悲剧女演员。达拉弟的头戳在一杆枪尖上，加默兰的头在另一杆枪尖上，高唱《出征歌》，绕卡布尔游行。我们身后会跟上很多人，老的、少的、女人和狗。田野里，牛的铃铛到处响成一片。它们将跟凶残的士兵一样吼叫，大家一起出发向东。一路上还将招募人员，组成营团，这将令德国佬心惊胆战，蔫得如烂白菜，掉头逃跑，我们就不需要美国人帮忙，解放这个败类的祖国。到时候要重建王权，到处派神甫。总之，将完成一桩辉煌的历史功绩。

打仗对孩子们来说等于过节，有很多机会嬉笑，打破常规，见世面，每天夜里换营地，有点儿像马戏团巡回演出。

说真的，我天生是块马戏团的料。真乐意母亲做马戏演员，父亲做驯兽师，我做杂技小演员，空中杂技小明星。可惜父亲不会驯兽，他若是进到野兽笼子里，即便有观众助威，用不了多久就会成为猛兽的口中食。母亲天生是演马戏的。她反倒能驯狮，她有驯兽的素质，有指挥的意趣。她富有性格和威信，我相信，她能叫狮子害怕，而且她只需不慌不忙，按部就班，轻声轻气。不言而喻，她的权威与生俱来，但开不得玩笑，不容争议。她同样可以驯熊，驯得熊乖乖听话。她也可以把梁龙驯得服服帖帖，叫梁龙跳小步舞，唱巴赫的赞美歌，那没准是最精彩的节目，马戏团的压轴戏。她风姿亭亭，经常有鸟儿飞到她手心啄食，不过即使她做驯兽女郎，我也说她是马戏演员，这在我常去的沙龙里比较叫座儿。

细想起来，父亲更适合做丑角。他有音乐天赋，可以从一种乐器跳到另一种乐器，一会儿吹号一会儿拉手风琴，再者，他身姿矫健，摔跤、平衡、插科打诨，定叫全场捧腹大笑。但在沙龙里，我说他是驯兽的，因为这样更有阳刚气，更高贵。必要时总须圆谎，恰如其分，善于利用很有分量的谎言，铿锵有力的谎言，通情达理的谎言，哪怕近在咫尺的真情显得虚假、可笑、不可想象。

我，跟一个同龄少女耍杂技，一个非常可爱又小巧的金发少女。一阵鼓声使全场鸦雀无声，我们俩在聚光灯下走到场中央。我们攀登戏场上空的银色小吊杠，真了不起，灵活如猫，从一根吊杠跳到另一根吊杠，在各个高台架上飞来飞去，蓝色聚光灯始终照着我们。

至于朱利乌斯，我宁愿他当跑腿的。无奈世上有富人和穷人，要不然不值得费劲发财致富了。太阳底下的位置不是人人都有的嘛。我当小杂技演员，马戏团的红角儿，朱利乌斯当跑腿的，公平合理。

很久以后，我学过高空飞人，学过走钢丝。一切易如反掌。应当先教孩子走钢丝,然后走起路来就太容易了。他们走路的姿态就会轻盈、优美、文雅,就不会跛行、拖地、扭伤,就不会穿鞋挑剔。他们的脚灵敏,有弹性,很得体。

海滨街上,店铺里摆满了沙滩用品:皮球、草帽、遮阳伞、泳装、玩沙铲和桶、浴巾、浴帽和防晒膏。

对我们这些孩子来说,看到货架如此充足,觉得假期和游乐真是神奇,仿佛假期永无止境。

1940年6月的假期就这样在该死的靴声中滑稽地开始了。我从未见过比1940年6月有更多的人戴贝雷帽,还有许多小型国旗,许多人像军人那样穿戴,以示善良人民的决心。人们戴臂章穿军鞋,剃军头,围黄褐色护腿套,系皮带裹绑腿,挎空的子弹盒,挎防毒面具,这些都十分流行。人们吹口哨,学广播里反复播出的军乐,喜好口号和小道消息,却害怕在街头撞见德军传令兵。处处有奸细,时时防备着,不敢跟人讲话。政府不是说过隔墙有耳吗?人们还关照孩子们地上有糖果不可以捡,很可能是德国人空投的有毒糖果，要造成法国少年大量死亡。我们也不可以接受陌生人的糖果，一切陌生人都可能是轴心国的间谍。轴心国间谍每个村庄里、每棵树后面都有，他们无孔不入，市政府、学校、火车站及所有行政机构，按理要提高警惕，小心提防，结果闹得人心惶惶。我们睁眼竖耳闭嘴，不接受任何人的糖果，打口哨吹军乐，戴贝雷帽，便觉得参了战，保卫了国土，有点儿像新兵了。

逃难前一天晚上，于絮尔婶婶缝制了一条法兰绒腰带，往里装她的金路易和20美元硬币，然后缝合。她把金条缝进一件背心似的上衣，贴身穿的，介于乳房和腰带之间，仍放不完，于是把剩下的金条系在背上裹在腿上。于絮尔婶婶拖着笨重的装束，真正叫腰缠万贯，足有140公斤。可她自己动不了窝了，除双腿不听使唤，还有两个大皮包，里面装着银器和首饰，还不算所有手指上的戒指和双乳间塞满的钞票。千万不可让她跌倒，否则要四个人才扶得起她。唯一的好处，是除了头部，她刀枪不入。我们把她安置在雪铁龙车后座，我父母和女佣们，好几个人一起动手才把她抬进去。让她坐在汽车正中央，不至于让车失去平衡。她一人独占后座，活像保护神，两旁什么都放不了，刚够放她的手提包。她的防毒面具只好放在膝盖上了。可怜的车轮，受到重压都给压瘪了，小轿车可不是用来载重的，现在变成装甲车了，甚至会引起德国斯图卡轰炸机的注意。不大谨慎吧。

我们的车开得很慢，以免翻倒，尤其在海岸上和拐弯处。一到海岸高处，立即减速，慢悠悠下坡，不至于像高速车到坡下才急刹车，尤其母亲驾驶雪铁龙，她可没有载重车驾驶执照哇。

我们决定车队似的行进，不开灯，标致车在前，由父亲驾驶，雪铁龙在后，两辆车顶上绑着床垫，像其他逃难人那样。所有法国人都带着床垫出走，不带地毯、床绷、长枕、座垫和方枕，只带床垫。既然放不进车里放不到车底，就放在车顶上，好像被动防御，抵抗空袭。假如德国鬼子袭击车队，遭殃的是床垫，而不是我们。这是战争计谋，了不起的诀窍，希特勒肯定没想到这一着，他的参谋总部也想不到。这叫金蝉脱壳，比马其诺防线厉害得多，集战略之大成。我们备感自豪，以床垫抵挡德军，用法国式解难题的机灵来应对古德里安①的装甲师。嘿，德国人可纠缠不过法国人呢，最后谁获胜得由我们说了算。

凌晨两点从卡布尔出发，借着明月和顺风，尽管穿过村镇和接近桥头时每每拥挤不堪，经过十字路口时总是混乱至极，我们中午已到达卢瓦河。

七

对孩子们来说，有什么比逃难更令人陶醉的呢？法国公路从来没有如此多彩多姿。天气晴朗，一派节日气氛，我们遇见熟人，发现共同的朋友，建立新的关系，见到各种汽车，一种比一种滑稽！有许多的鸟笼、雌鹦鹉、公鹦鹉、其他活物，大量的摆钟、儿童玩具、自行车、直接堆放在汽车里的衣服、毛皮大衣、晚礼裙、衣饰闪光片、圆帽、吸尘器、镜子、图画、乱七八糟的东西。

---

① 汉·古德里安（1888—1954），德国战车理论家，德军装甲师创建人。

有些汽车抛锚，有些头尾相撞，有些胎爆了，有些翻进水沟，有些发动机过热，大家都缺汽油，尤其比利时人，他们远道而来。中午时分大家停下来野餐，让发动机凉一凉。此时一批批手推车、盖篷小车、马车在我们面前经过，我们先前超过了他们，等下午再超过他们。慢吞吞的人没有饭吃。父母亲依然架子十足，由女佣们伺候用餐，她们也给于絮尔婶婶送三明治，她一人待在车里不肯下来，生怕再也进不去汽车。车里太热，她全身肿胀，变成庞然大物。

很多人没什么吃的，但谁都得喝水，大家十分客气，互请互让："请喝一点儿波尔图甜酒？""尝一尝我的圣埃得米利翁红葡萄酒，味道不错。""您不拒绝来一杯干邑吧，亲爱的朋友。"天这么热，又是开胃酒，又是葡萄酒，又是饭后助消化烈酒，气氛越来越热烈，嗓门越来越高，打趣越来越出格，相互勾肩搭背，简直是一派乡村节日气氛，有干邑助兴，大家欢呼雀跃起来，不禁又有点儿相信胜利在望了。

突然，从树林后面传来刺耳的飞机声，大家傻眼了，不吭气了，不吃饭了，好情绪一扫而光，一个个趴在地上，鼻碰土肚贴草，接着两架斯图卡轰炸机低空从我们头上飞过，震天价响。好狼狈哟，大家重新包好野餐食物，赶紧钻进汽车，急急忙忙往南行驶，胜利无望了，怕死鬼似的一溜烟逃走了。

坐在汽车里，外景不断变化。看到树木、房屋、村庄一一掠过，如见年复一年的生活消逝。天下雨了，后又转晴，汽车下坡上坡，米其林路程碑告诉你走了多少公里，还剩下多少公里要走，不久便是小镇和城市。我们经过乡政府、市政府，经过有教堂的广场，看到惊讶万状和无动于衷的人们，看到田里的动物，然后经过森林和原野，接着还是森林和原野。

孩子们从车窗看到一幅幅景色排列而过，乐得就像看无声的电影或活动的照片。鸟儿们更乐了，肯定觉得景物美不胜收，它们飞时居高俯视，是看垂直电影，停时匍匐平视，向空中扇动翅膀。飞累了就减速，就停止，各处总有电话线迎接它们。从那儿，它们看见汽车行驶在公路上，几个农夫在田野劳动，农夫也不时抬头望一望它们。

鸟有定居和迁徙之分。原则上，非候鸟不迁徙，但现如今的原则，谁管得了多少，鸟儿们各行其是，爱飞哪儿飞哪儿，振翅不振翅自便，单独也罢，合家也罢，合群也罢，反正自由得很。

我躺在草地上，爱看鸟儿们飞过，特别喜欢那些远走高飞的，它们振翅划破天空就像火车划破原野，但比火车更自由，到了天边加速，越过海洋直到彼岸的沙滩和棕榈，而我，留下，朝天躺着。我看见了这批鸟，还会看见其他的鸟；我听到远处某座村庄有钟敲响，近处身边却是一只胡蜂嗡嗡，我的心在体内敲打我，我闭上眼睛，仿佛死了片刻。

在卢瓦河畔我们没有久留，古堡非久留之地。"咱跟古堡天生不对劲，"于絮尔婶婶说，"咱们是倔强的人！"可是听到北方难民，尤其比利时难民讲述有关德国占领的暴行，倔强的人也提心吊胆了。

"他们一到村庄就放火，见有动静就开枪，尤其枪杀儿童。听说他们在列日杀了十五个孩子，十岁到十四岁的，全是男孩子，另一些家伙强奸十几岁的小姑娘。听说在那慕尔他们拿强奸八十岁甚至更老的妇女来取乐。他们把狗刺穿以示众，所到之处犯下种种滔天罪行。"

父亲说不要听信比利时人的话，他们危言耸听，出风头，想煽动公众，吓唬儿童。话尽管这么说，我们还是快快离开卢瓦河，向加龙河和比达索亚河方向行驶。

于絮尔婶婶再也受不了金条的拖累，将其统统扔进汽车行李箱，自己换上轻便的套裙，甚至穿上一件袒肩露胸的，这在她的年龄是很大胆的。她摆脱了黄金枷锁，露着胸脯，头发随风飘拂，居然还有几分魅力，尤其经过精心化妆，脖子围上粉红色丝巾。车开得快，围巾在风中飘舞，煞是好看。

快到昂古莱姆时雪铁龙车起火了。先见到从发动机罩冒出烟来，像加热的洗衣机里冒出来的，然后马达一下子烧起来，火焰滚滚。这次没说的，全家，于絮尔婶婶、妈妈、爸爸、女佣们，个个好样的。转眼之间就把火扑灭，用被子捂，把几瓶酒灌进马达，女佣们捡来的土也塞了进去。其中一个女佣烫了手，于絮尔婶婶把她领到一旁，口中念念有词，做了两三下通魔法的手技，画了几下苏人①的符号，女巫师似的摸摸捏捏，比比画画。噢，女佣说没事了，不痛了，恢复了，可以赶路了，而于絮尔婶婶则忙着向看热闹的人解说祖传秘方，声称至少可追溯到路易十一时代，但只由女儿代代相传。如同基督肩负世人全部罪孽，如同被魔者刚从着魔者身上驱逐了魔鬼，自己却被魔鬼附身，于絮尔婶婶刚从女佣身上驱走了疼痛，自己却被火着魔，变得昏头昏脑。她在剩下的整个行程中一直十分消沉，直到第二天一言不发。

她肯定也对法军崩溃耿耿于怀，如鲠在喉，我发现她双眼深陷，脸色铁青，头发失泽，皮肤干瘪多皱。我军失败和丢脸使她五内俱焚，她念念不忘此事，开口不离此事，一直萦绕心头的是第一次世界大战战地医务人员的回忆和一处小山谷的残杀：法国人占领后翌日清晨又被德国人夺回，为了一片树林的小角，一个被毁的村庄，是呀，青年人不惜付出，不惜死亡，为几块微不足道的土地流血，令人难忘。

---

① 苏人为北美印第安人的一支。

于絮尔婶婶全身上下都在为祖国受尽耻辱而难过，她怪罪共济会的社会主义共和国，怪罪道德溃乱，1918年大战胜利后她目睹世风日下。为保持对德国人的仇恨，她已经绞尽了脑汁，无奈人心不古，于是她不肯原谅德国人吃了败仗，因此她认为德国应对流产的和平负责。她甚至显得恨德国人把1870年抢去的阿尔萨斯和洛林归还了我们，恰如有人憎恨被他们战胜的人胜过打败他们的人，有点儿像佩里雄①喜欢被他救的人胜过救了他命的人。

1940年6月17日中午，经过一整夜又一上午的行驶，加上酷热烤人，我们进入玛芒德时已经筋疲力尽。我们把两辆汽车停在城门口一家客栈前，希望进去吃上点东西。一上午消息不太灵通，光在歇脚处从广播得知保尔·雷诺辞职了，勒布伦总统要求贝当元帅组织新政府。父亲预订了浓汤和火腿后就带我们出去打听消息。恰好沿街有个1914年的老兵在家门口听广播，他穿粗布上装，胸前别

---

① 系法国戏剧家欧·拉比什（1815—1888）喜剧《佩里雄先生之旅》（1860）的主人公。

着十字军勋章。父亲走过去旁听，还有于絮尔婶婶、一对比利时夫妇、三两个闲人、朱利乌斯和我。12点30分整，播告贝当元帅发表的声明，我们听到他说：

"我沉痛地向你们宣告今天必须停止战斗。昨晚我已提请敌方是否准备以士兵对士兵跟我们在争斗之后体面地寻求停止战争的办法。但愿法国人民聚集在我临危受命的政府周围，克服焦虑，笃信祖国的命运。"

贝当话音未落，我看见父亲坐在沿街一个石界标上，双手捂着脸痛哭失声，其状至今历历在目。然而我们周围有许多糊涂虫却兴高采烈，我听见他们嚷嚷战争结束了，马上实行复员了，人人都快回自己家了。

我不大懂事，但很伤心，因为第一次看见父亲泣不成声。之后，他对我们，朱利乌斯和我，像对大人那样，轻声慢气地说话。他向我们解释道，法国吃了败仗，但前凡尔登战胜者将重新接过火炬，将重振受创的祖国。

没有必要再往前走了，父亲说干脆睡觉，于是订了几间房，让大家饭后休息。我们个个低着头喝汤，感到难为情，一声不吭。于絮尔婶脸色刷白，眼睛通红，头发蓬乱。看得出她受到了可怕的打击。她一言不发，不喝汤不喝水，尽管天热难熬。我注意到她套裙上衣贴紧上身，突显出丰满的乳房，随着每次呼吸，胸脯上下波动。她肯定痛哭过，一眼就看得出来的：眼睛红了，鼻子堵了，小手帕在她手里被揉来揉去。她忽地站起身，好像弹簧把她弹起来似的，一声不响离开饭桌上楼去房间。谁也没说什么，只听得汽车在大路上来来往往，厨房传来的做饭声，几只苍蝇闻到汤香来围着我们嗡嗡打转儿。我们身热如焚，不饿不渴，什么欲望都没有，甚至不想睡觉，对一切都厌倦了。餐厅乃至整个客栈静得可怕。突然一声枪响从二楼传来，干巴巴的一声之后又恢复了寂静，接着父亲急冲冲稀里哗啦撞翻椅子，疯子似的冲上二楼去看个究竟。

于絮尔婶婶的房间乱得一塌糊涂：她倒在床脚下，成了浸在血泊里的无头尸。我确确实实觉得她没有头了，只剩下黏糊的头发里一些不成样子的东西。她的头炸成碎片，溅得墙壁和天花板处处皆是。天花板上肉酱明显可见，但四壁血斑不显眼，因为糊墙纸是带花纹的。窗户敞着，几块玻璃碎了，我见到窗帘血迹斑斑，在热风中徐徐飘动。步枪横压在尸体下，枪一响她就直扑倒地。尽管事隔多年，我仍记得她的高帮皮鞋，一只在右，一只在左，好像事先把双脚叉开，以便向前直扑倒地。于絮尔婶婶似乎比平常显得更高大，如此这般瘫倒在自己房间里显得更长，黏糊糊交织的头发和左右开弓的高帮皮鞋，也是我记忆犹新的一个细节。

因为天热，家人次日就把她安葬了，市政府的人到场，许多人送葬。消防员把尸体装进一辆机动柩车，我想是雷诺牌的，锃亮锃亮，盖满鲜花。父母亲、朱利乌斯和我，我们领着送葬行列，全体人员跟在我们后面。

殡仪馆长对我父亲说，到达教堂之前的行程中可以戴帽子，父亲冷冷地回答："我没有帽子。"朱利乌斯和我互相捅了一下胳膊肘，觉得蛮有趣。

柩车缓缓起动，几乎不出声，我们成纵队行进，直到大教堂，人行道上筑起人墙，挥动法国旗，于絮尔婶婶遗体经过时，他们脱帽，画十字。这比寿终正寝要气派得多。

我还记得教堂里很阴凉，公墓阳光灿烂，市长亲自致悼词，全体唱《马赛曲》。

于絮尔婶婶如今还在那边安息，我们一直没有把她迁来拉雪兹神父墓地。在我们心目中,玛芒德公墓有点儿像我们刺刀见红的肉搏战壕,我们的杜阿蒙①。

在回家路上,离维埃宗不远,遇到了首批德国巡逻宪兵,他们骑着带斗的摩托车。一派雅利安人的风度,脚踏漂亮的长筒靴,威风凛凛,以至于不知我们中谁说了这句冒失话:"我觉得咱们落在可靠的人手里,比以前好多啦。"以前的混乱结束了,结束得很糟,但是总算结束了,现在开始了新的混乱,更糟糕,不是法国货,是腰带紧系、军装笔挺、威武强势的德国货,可怕的靴声令无秩序的共和国后悔莫及。

我们在回家路上面对战胜者,脸上无光,汽车顶上架着床垫。我们觉得自己脏兮兮的,真不高明,说实在的有点儿无赖气,好像行窃的手当场被抓住,屁股也不干净。

我得经过许多年才逆流而上,才抬起头来,之后昂首挺胸,再后反倒趾高气扬了。其间我必须锻炼身体和造就

---

① 在1916年凡尔登战役中,杜阿蒙要塞被德法双方反复争夺,屡遭炮击和轰炸。

头脑,把头脑武装得满满的才能抹去那天在维埃宗路上所产生的褶皱。

我得花几年的大力气才能克服幼稚。人比空气重时,是很难学起飞的。乡巴佬要好几年才闻得出玫瑰花香。我不顾大人反对,尽心尽力通过书籍和音乐克服大自然和潮汐。

我搭沙堡,堆雪人,吹肥皂泡。我战胜了一个个小幽灵,白费了许多力气,等事情水落石出,我直言不讳,不该闭眼睛就不闭眼睛。这总比无所事事要强吧。

每当回首往事,我只见一条小路两旁立着坟墓,那里躺着我曾喜爱的人们。我再也见不到自己的脚印,哪怕是昨天的脚印。我瞥见远处一个衣衫褴褛的男孩在灰尘中奔跑。看上去不像个可怜虫。我想那就是我吧。

八

巴黎第一次拉警报,我正在睡觉,母亲突然跑来叫醒我，得赶快穿衣服。我听见了警笛和高射炮声。我顺利穿上衬衫和高尔夫短裤，但袜子却怎么也套不上。我手脚发抖，牙齿咯咯打架。手往右套，脚偏偏往左哆嗦，一只短袜，得套二十次才行。然后疯子似的从佣人楼梯下去，带着大小箱子，里面装着父亲的珍宝。女佣跟在后面，带着几条被子、几瓶水、一只煤油炉、一箱药品，以及客厅的圣母塑像。

一进地窖就点上蜡烛，父亲打开一瓶索缪红葡萄酒，佩皮塔便从容不迫开讲了。她，只在厨房做饭时发牢骚，讲起第一次世界大战则津津有味，而在这地窖中有她当时的女主人，一位伯爵夫人，她的儿子，成天衣冠楚楚，穿飞行员制服，却从来没有上过飞机，只有一次在地面上跟飞机合影。佩皮塔对我们讲，伯爵夫人时不时爬上面向内院的楼梯顶上，破口大骂蓓尔莎榴弹炮。

"你们可要当心它的吼叫哪，咱们可有个好手，当心一枪把你撂倒。"

眼下好手正在地窖尽头生闷气。我们这些孩子却不再紧张了，不再害怕了，尤其佩皮塔安然度过了1914年大战，再经历三四次世界大战也还活得了。忽然，连父亲也镇静下来，亲自求她再讲些故事，有关轰炸，有关德国佬的凶横，有关落在瓦诺街角的炸弹，有关乳品商店老板娘生孩子：一次在地窖躲警报生下小马塞尔，周围全是干奶酪。

警报结束，我们真不情愿上楼，真想继续听佩皮塔如数家珍般讲回忆。后来有过许多警报，但父亲不再乐意下地窖了。我睡在床上听爆炸声，隐约听见美国飞机掠过巴黎上空，其时一旦警报结束，母亲就穿上红十字制服骑自行车去受灾的街区。早上，跟朱利乌斯去上学，一路上捡炸弹碎片，就像母亲常在暑期末带我们去森林时采集牛肝菌和鸡油菌那样怡然自得。

不管怎么说，母亲是个人物，无论穿红十字护士服，还是穿网球裙，抑或穿舞会套裙，始终雍容大雅，从不受时局影响，永远很得体，名门淑女嘛，再说，是我的母亲哪。

不与德国合作者无权通行，不仅因为他们申请不到许可证，而且被剥夺交通运输工具。很少人敢于发表意见，无论与德国合作的还是抵抗的，因为前途未卜，怯懦是最好的通行证。我们也没有自由吃饱饭,生火取暖,购买衣服。缺衣少食迫使人们节省,于是不再用面包喂鱼养鸟,除了养在阳台上准备食用的。不再浪费,不再乱花钱,不再挥霍。无用性,这一艺术的特性,从衣食经济中消失了。于是拔花种菜。

在塞里尼,我经常在母亲租来种土豆的田里干活。我拔草除虫,用餐叉刨收,装满一个个发霉味的黄麻袋,然后扛回家;我把春天长出的土豆芽除掉,当时天天吃,真恶心,煮的、烘的、炒的、煎的,拌沙拉和土豆泥,吃多了连猪都受不了。夜里我做土豆梦,打算解放后永远不再吃它,而专吃一直吃不到的干灌肠。

后来,我比较自由了,并非祖国解放,而是因为鄙人自我解放,我偏爱无用的东西胜过了一切,而且没命地占有。我喜欢无用的声音,约翰-巴蒂斯特、阿马德乌斯、路德维希、理查德、另一个理查德①以及其他人;我喜欢香水、佳肴、古董和油画,所有无实用价值的东西。我也喜欢修辞学和书籍。经过几年赌气之后,我重新喜欢很实

---

① 这些分别是巴赫、莫扎特、贝多芬、瓦格纳和施特劳斯的名字。

惠的土豆了。

我一生便是如此,充满自律的约束,随意的义务和无用的劳动。蹦蹦跳跳是福分,对世人和自己不在乎也是福分;人生一大不幸,在于自以为肩负使命,要尽行善的天职。我,认识一些有用之徒,全都没有好下场,个个像牛马鸡猪看门狗,更不用说像土豆,诚然他们的人生值得称赞,但不令人羡慕。

"庸俗化,是大敌,必须与之斗争,好比野草和阴虱,永远是死灰复燃的坏东西。好像将它消灭了,其实还在活动,随时兴风作浪,造成损害。反对庸俗化的战争是正义的,应当坚持不懈,不分地区。"

父亲发火时就这么对我们说话,我见过他爬上餐厅的碗柜,当着祖母和修道院院长的面,为了更有力地向我们鼓吹圣战,他居高临下,好像站在讲坛上:

"你们爱讲什么粗话都可以,不妨讲最粗鲁的话,词语肮脏,想法下流都无妨,但不可庸俗。走出阴沟,总找得到高雅的办法,问题是要你们自己去找到。"

确实，父亲从不寻常，从不猥琐，即便过分无礼时也如此。他光着上身散步或半天待在煤窖里，出来时黑得像煤炭商，或从抛锚的汽车底下抽出身子，浑身污油，或夜里不穿长睡衣，或敌占时在土豆地里干活儿，他始终持重不怠，说话做事有他自己的风度，有一种与他很般配的高雅。

修道院院长吓呆了，洗耳恭听训诫，手握酒杯或满嘴食物。他身穿教袍很得体，并不庸俗，但不知道他穿裤衩或睡衣会不会有点儿平庸。从前教皇让他们穿道袍不无道理，使他们确立一种类别，看不出性别也不显平庸。

假如天花板再高一些，父亲会爬上大橱，谈论起来更居高临下，声音更大，传得更远。看起来很像演戏，尤其在孩子们眼里，叫人惊异，母亲竭力劝他下来，尤其有客人在场。

"下来吧，亲爱的，回到我们中间来吧，您的话听得很清楚嘛，您的炒鸡蛋快凉了，再说，别这么大声，隔墙有耳，扎布洛夫妇听得见的，德国人要是经过，会把您当作抵抗分子的。"

母亲的话根本不起作用。他兴致上来了,德国人也罢,扎布洛夫妇也罢,炒鸡蛋也罢,什么也挡不住。他站在碗柜上就是宙斯,也像随时为从碗柜跳到衣柜而在吊灯过渡的泰山,也像方独马,也像圣乔治。①女佣们继续上菜撤盘,好像什么事也没发生,我祖母尽摇头,但胃口不减,而我们这帮孩子学样爬上碗柜,甚至攀到吊灯上,无非为了打破沉闷。

他表演完毕,跟我们一起下来,回到餐桌老位置,就像神仙下凡,既仁慈又朴实,屈尊俯就坐到子弟们中间。

倘若教士在教堂也像父亲这般,那我们天天去教堂了,在那里每天见得到扎布洛夫妇,目无神明的加尔文派教徒,不可知论者和共产主义者。谁都会相信上帝了。

可惜爸爸不可能无所不在,又在教堂,又在法庭,又在校园,又在我家餐厅碗柜上。他是个天才,但没有耶稣无所不在的天赋。

---

① 泰山是美国电影《人猿泰山》的主人公。方独马是法国44卷连载小说《幽灵》的主人公。圣乔治是基督教殉道者,相传这位军官为拯救一位将被献祭的公主而杀死龙神。

由于我们从小受父亲教导,吃饭只是为了活得下去,在整个德占期,食品卡的定量已足够我们吃的了。甚至经常用黄油票和肉票换一个自行车轮胎或一双木底鞋。

除了省政府每周配给的定量和学校发给我们的饼干及维生素片剂,在黑市上找得到假咖啡、假煤炭、无脂牛奶、糖精,几乎包罗一切的代用品,诸如人造奶油、人造黄油、无面面包,不用说带煤气发生器的汽车和脚踏出租车。

我们的身体从没有这样好过:肝脏负担减轻,消化加快,胆固醇下降,烟抽得少多了,油脂吃得少多了,几乎没有肉吃,多余的体重不见了,因有实实在在的操心事,精神消沉也没有了。父亲可来劲啦!他到处说,维希政府是特意这么做的,为了人民的福祉和公众的健康,其实百货仓库满满当当,大块的肉堆积如山,生活必需品的库存量大得吓死人。他甚至怀疑当局把储藏不下的物品扔掉,把成吨的牛奶夜间倒进江河,把汽油白白烧掉,以利推广自行车和避免污染,把煤炭也白白烧掉,以利法国人艰苦锻炼,成为斯巴达式的健壮人,也为避免法国人萎靡不振,所有这一切皆符合国民革命的政策。

这些肯定都是真的，但不该讲出来。不然会引起起义和叛乱，会煽动人民反对贝当元帅，况且消息暗中传播，父亲的私房话在街坊近邻中传开了。这是他独特的抵抗方式，站在戴高乐将军一边战斗，有些无意，但很有效。

其时，街坊们既不把父亲当作合作分子，也不视为抵抗分子，而看作假消息的传播者，有点儿精神失常。谁都不认为他是预言家，因为没有人会认为，轴心国失败时，即法兰西解放之际，重新富足会引起真正的生态和健康灾难，从而需要采取严厉措施，以防普遍食欲过盛和饮食过度，以防各种迅速繁殖所产生的污染，要靠自愿节衣缩食来恢复生态平衡和严重受损的民众健康。

"你们走着瞧吧，有朝一日会再时兴脱脂牛奶、无酒精啤酒、除咖啡因的咖啡、各种人造面包、硬是没有麦粉面包，重新时兴人造烟人造糖、无脂黄油以及自行车，还会禁止吸烟，干脆把烟草专卖局廉价出售，用苛税和罚款来限制车辆通行。

"消费过度会引起各种疾病和灾难性的污染，维希政府所实行的食品定量、配给制为你们避免了疾病和污染，其精神效果和卫生好处,你们今天是难以估量的。"

母亲常说,他再这么胡说八道,到头来会坐牢的,抑或中个大彩,让德国人抓去按抵抗罪论处,等到解放了又会当作奸细被枪毙掉。

九

1944年6月6日上午10时左右,邻居扎布洛太太疯婆似的跑进我们家餐厅,母亲正辅导我做暑假作业。她明显丧失了理智,精神失常似的指手画脚,破旧的晨衣敞露出乳房,光着脚,蓬头乱发。母亲对她说:

"扎布洛太太,请冷静一下,别在我儿子面前出丑,快回家吧,镇静一下就过去了。"

"夫人,好了,"她难以启开咬紧的牙,"好了!"

"那就回家吧,扎布洛太太,会过去的,稳一下呼吸,很快就过去了,肯定不会有事的,一股热气冲上来就是这样的，谁都经历过。"

"好了，"她重复道，"好了，我对您说好了，从今天早晨起就好了嘛。"

"什么好了？"母亲恼火了，"请说清楚，尤其当着我孩子，他年纪小，别这么出丑嘛。"

"好了，他们登陆了。"

那光景哟，我们三人抱作一团，发疯似的跳呀，笑呀，喊呀，一起放声痛哭，恨不得飞檐走壁，插翅飞翔。他们登陆了，暑假作业不做了，德国人完蛋了，向战争告别了，很快吃得上羊角面包、灌肠、黄油了，爱吃多少吃多少。

我们从未如此喜爱过扎布洛太太，从未见过她如此快活如此可爱，简直高雅出众。母亲乐意借她拖鞋，让她洗了热水澡，请她喝一杯波尔图甜酒，帮她把晨衣系好，把乳房遮上，使她恢复理智。我们不知道如何感谢她向我们通风报信，不顾出丑地来叫我们先闻为快，光着脚，不修边幅。

"我们会报答您的，扎布洛太太，您太体谅人了，这是件永生难忘的事，决不会很快忘的，我要告诉丈夫，我和孩子，我们永远铭记在心。"

就算是扎布洛太太亲自组织了登陆,我们也不可能更客气更感激的了。

她得意忘形地走了,我见她穿过我家院子时还在手舞足蹈。肯定她还在喊叫,但母亲和我,我们俩在屋里大声说话,外面什么声也听不见了。

"要牢记,小鬼,"母亲对我说,"铭诸肺腑一辈子,不可以忘记刚才经历的,刻骨铭心,永生不忘。"

我把母亲的话刻在脑袋里,如镂如铭,其证据,就是今晚,五十多年之后,我叙述如初。

应当说,从美学观点看,行将结束的战争是非常成功的,其暴行达到了炉火纯青的程度。同样引人注目的是战局景况的普遍性。第一次世界大战规模非常大,人们多年以为,其荒唐和残酷是无与伦比的,不可超越的,谁能想到刚刚过去二十多年,那场大屠杀的德法幸存者,他们的孩子以及亡者的孩子又要重新互相残杀?难道这两国人民注定好战成性?一场长达四年的大屠杀,送了近千万人的命,曾几何时又兴味盎然地重蹈覆辙?如果仅仅站在戏剧角度来看，第一次世界大战是一次极大的成功，一场宏伟的演出，导演布局天衣无缝，使用了精良的舞台机关以及空前多的龙套演员。就此罢手似乎不近情理。演出不管怎么成功总会留下一丝苦涩，总想天衣无缝。从人性角度和美学角度，应该一试再试，陈词滥调依旧，但可以配新的音乐，用更厉害的手段，更广阔的布景，情节要少些静态，以便不仅涉及军人，而且关联到平民，后者是观众和演员的巨大储备。因此必须全力以赴，鞠躬尽瘁，其结果变本加厉了：六年战争，近六千万人死亡。

父亲是瓦格纳迷，不厌庞大，以审美家的视角欣赏他经历的这场奇景："除非发生核冲突，很难实现更宏伟更精湛的战争了。假如还想打仗——为什么不让这一代年轻人打仗呢？应当介入地方冲突，无非搞治安或清内务，但不是为了向不愿民主的人们强加民主或禁止人民按其意愿从事宗教信仰。"

新思想总是从经历中产生，为此父亲向我们预言将发生极残酷的宗教战争。对此问题母亲的想法属鸽派。她认为昨天的杀人者明天会相亲相爱，全世界的孩子会手拉手，富人会迷恋穷人。她喜欢浪漫曲、轻音乐、动物、大自然、花卉和水果。她相信健康会战胜疾病,理智女神会帮助和平战胜战争。父亲听了大肆嘲笑,他不愿意我们在空想中成长,受轻音乐摇晃,用蜀葵催眠:"为什么不告诉他们小山鹑会害死猎人,军火商会改行卖香草,狐狸会腻味母鸡而斋戒?"

时不时由此引起夫妻吵架,从吵架中父亲看出他的理论依据得到充分演示,尤其母亲做悲剧大戏,扯破衣服,像演古戏似的长篇大论,声音大得刺耳,叫人起鸡皮疙瘩,引得方圆好几公里犬吠不停。

我们对战争了如指掌,战争会再度爆发,但不会叫人高兴,因为父亲教导我们善永远战胜不了恶,生命不管怎么美,永远战胜不了死亡。

"您的儿子是零蛋,不管怎么说,他吃零蛋,独一无二。"母亲听了,跳将起来。第四班的学监就是这么对她说的,全班排名我落在末尾,排在零分之列,属于留堂和不许散步一类。母亲把我夹在她胳膊下,像夹把雨伞,就这样,我们俩从校长和总管办公室前经过,穿过午间休息的院子,在灿烂的阳光下,正是放学的时候,就在他们眼皮底下经过。我们经过房门窗口时,小偷似的无地自容。我们乘公共汽车直到奥岱翁。

"嘿,你吃了零蛋!"父亲劈头对我说。呼啦!一顿痛打!难忘的体罚,拳头如倾盆大雨落下!我的学业看来完蛋了,无可救药地给糟蹋了。可随后的星期一,家人依然领我去学校,但让我发誓不再犯,并保证表现好。我确确实实充满诚意,但好景不长。

至于施密特和我在警察分局放火,那是另一回事,决非杜撰,确有其事,科学上可检验的事,历史上真实的事,可大肆炫耀的事。我们俩辱骂了一个看门老婆子,因为她不让我们在她的门廊下抽烟,我们以特有的方式申斥她,以各种难听的名字称呼她,以最不入耳的脏话侮辱她。这下把老太婆惹火了,她认真了,叫来警察,把我们带到警察分局。至少要上儿童法庭,甚至可能进教养所。他们把我俩关进一间囚室就去写诉状了,施密特为解闷想出一招，按童子军习惯，他身上总带着火柴，这时掏出来，把扔在一旁的报纸点燃。报纸顿时起火，浓烟滚滚，弥漫警察分局，人们边叫喊边咳嗽，四下乱窜，连消防员都给叫来了。这下可不是什么儿童法庭了，等待我们的是重罪法庭，是苦役犯监狱。施密特显出英雄本色，一人干事一人当。况且我身上未带火柴，可见我不是要犯。我童子军素质不好，身上只有一个瓶塞、一把瑞士刀和一些细绳，但没有火柴，这就救了我，可见有懈可击并非坏事。最后还是打电话给我父母，要他们来领我，恰巧那天母亲请了些女友喝茶，真是无巧不成书，坏了！本来她们的子女学业成功，名列前茅，奖品奖状奖章一大堆，外加评审员的贺词，而母亲不大提起我，因为我不是被这里开除，就是被那里拒收，数学倒数第一，拉丁文零分，教理课零蛋，地理也零蛋，其他课好不了多少，这下倒好了，我成了纵火犯，关进警察分局！父亲亲自来领我，他还算好，嘲笑了一番，但我永生难忘父子俩进客厅的情景，客人们闻讯后兴奋得不得了，这帮泼妇见了我，话里带刺酸溜溜的。对此，母亲真了不起，当她看见这帮女人摆出高傲的样子，便抓起她们的外套,把她们统统赶出门外,高声道此事跟她们毫不相干,还是滚回去照看她们娇生惯养的儿子吧,去揍她们自己的傻小子吧,别来管我们教导有方的孩子,她们严以责人,毫无基督教的慈悲:她们忘记自己也曾少不更事,无知至极。父亲和我饶有趣味地见她们奔下楼梯,手里拿着伞,嘴里哇啦哇啦,我们很赞赏母亲,管家婆角色扮演得出色。这帮女人以怪里怪气的方式来感谢我们请她们吃茶点,竟没有多少同情,更缺少谦虚精神。她们滚蛋后,家里剩下我们三人。谁也笑不出来了。此时我才挨了一顿非同寻常的痛打,训话也很不客气,但我逃脱了重罪法庭和儿童法庭,免遭苦役犯监狱之灾,从而可以说取得了绝妙的胜利。

十

我十三四岁时,神甫们把我从博舒哀学校无可挽回地开除了,对我简直反感透了。我若得了瘟疫和霍乱,他们也不会那般厌恶我,让我整理东西打点行李滚蛋。在某种意义上我感到高兴,我多么讨厌这所学校,但我想象得出父亲见我回家时的脸色,他的教训又在我耳际萦回:"你早晚会坐牢","你会叫我们伤心死的","你不明白你给我们造成的苦恼","你甚至对母亲也这么冷酷无情吗?","瞧你把她害得这副样子","怎么向迪雅丹夫妇交代?怎么向教母和埃德蒙德姑妈交代?","你妈和我,为了体面地抚养你,做了多大牺牲","我们没有得到回报",等等。

这些话,父亲说得非常认真,深信不疑,让上帝和母亲做证,说明我忘恩负义,铁石心肠。

拉丁文教员是个穷凶极恶的家伙,可憎可恨,是他发动把我开除,是他把我赶到教室最后一排,他上课时,好像我不存在。我即使死在角落里,他都不会把正在教的名词变格停止片刻。

不管怎么说,我确实各门功课都很差,根本无心学习,对所教的东西毫无兴趣,除了唱歌和体操。

我唱歌有副天使般的好嗓子,讨人喜欢,使人觉得我不可缺少。

体操课，我比谁都棒，也许布朗热和卡多内除外，卡多内倒立比我强。这小子，我恨他；布朗热也可恨。

至于达尔通，我认为他是小无赖，因为每次作文他名次都在我前面，我父母当着我面把他视为凤毛麟角。他是我真正的头号冤家。他帮我教我投入生活。

今天，经过那么多年之后，那个达尔通，我有点儿喜欢他了。我尤其感谢他曾经是我憎恨的对象，不然我现在不会如此清楚憎恨为何物。

每年岁末，母亲准备过节，借此机会，父亲容忍我们身心放纵一下，然而我们的身心练就了适应严苛，不习惯流露感情了。

节庆的拆台效应延续好几星期，节前节后都有令人苦恼的事情。

母亲劲头十足，积聚了糖果、高级衣服、多余的装饰品、甜食和巧克力，在圣诞树周围散放无数的小东西，配有五颜六色光怪陆离的纸张，华而不实的金属箔，亮晶晶，镀银的或镀金的，彩球、花结、饰带，在灯光照耀下闪闪烁烁叫人头晕,还有假白雪真枞树,更有真正天堂般的音乐唱片,那是模仿阉人歌手唱法的。

母亲想得很周全,蜡烛、天使头发、马槽、绵羊、牧羊人,还为小耶稣准备了新鲜麦秸、一尊圣母玛利亚、一尊圣约瑟、一头驴、几个农民,还有为晚些时候备用的三王。

父亲大发雷霆,频耸肩膀,揭露这些无意义的小玩意儿会对他竭力要锻炼成硬汉的儿童产生灾难性的影响。武士难道需要杏仁糊、巧克力和轻音乐吗?毫无办法,每年他的教育原则要为节日中止一次,但我们心里很明白,一俟布列塔尼的表亲们、斯特拉斯堡的舅舅、教父教母、图卢兹的阿姨以及修道院院长先生走后,一月初就得变本加厉恢复纪律,一月份适合矫枉过正:早晨洗河水澡,用雪擦身,少进食,不进食,自笞。

禁止苦笑和哭泣迫使我们直截了当欢欣雀跃,应当说,我们从内心深处喜欢各种锻炼和纪律胜过所有硬塞给我们的小玩意儿。体魄一旦造就不喜欢改变,无论从好变坏还是从坏变好,舒适对那些不知其为何物的人来说,是很难忍受的。

邻居总在窗帘后窥伺,把一切看在眼里。我们处处受侦察,内有女佣们,外有左右两家的人,我们三家平行位于费隆将军大街。

应当说,爸爸以其种种怪举止招蝇似的引人注目,我们经常赤条条地暴露,引起风言风语是必然的,在市政府,在本堂区,在警察分局,无处不招人说闲话。

在学校,我明显发现人家视我们为怪物,对我们的小计谋一清二楚,冬天我们上学仍穿短袖上衣和露腿短裤,只要看看他们脸上的反应就行了。谁都不敢说什么,因为总是其他流鼻涕的毛孩子咳嗽吐痰,而我们从不感冒。在院子里,我们招摇过市,引起背后窃窃私语。从此,我穿过街道、院子、花园、客厅,总觉得背后有人交头接耳,信口批评,就像看到落水狗在晚会上进入副省长夫人的客厅。镜子中映出一张张奇怪的嘴脸,好像我的裤子在关键地方有个窟窿,或者我忘了穿鞋。所以,我一回家就自我检查一番,不至于在我自然引起恐惧时再添乱。

我小步走路,屏住呼吸,注意不碰不撞不说话,甚至竭力不思想,把脑子里所有的理念清除。在聚会的场合,我只喝糖浆不吃东西，我尽力顾全大局，使一切顺利进行，不捅娄子，但我总觉得有人注视我的衬衫领子，人人都在揭露我的真面目。

只要我瞥见一扇门向外微开，从而有逃跑的机会，我便悄悄溜之大吉：我贴墙而行，跑步穿过花园，回家时气喘吁吁，但喜出望外，好像逃过了战争和死亡。

多亏父亲我才有这种强烈的感受，才有与众不同的感觉，才更有我行我素和独立思考的愿望，我尽可能把不良的举止隐藏在普通的外表下，把我的小脚藏在我的小皮鞋里，从不把我的小手放在不该放的地方，使用我脑袋里闪过的最使人平静的话语，紧握所有的伸向我的手，该用力则用力，该笑则笑，由此我特别注意不把脚踩到别人的脚上，从不让人看出我已经知道别人向我吐露的秘密，而让人以为我从未听说别人对我说的事情。正是不断让人以为我们是傻瓜我们才能在太阳下取得一席之地，切不可让他们知道我们挺乐意在他们每人的安乐椅下放一枚炸弹。

我们持有一个无人知晓无人理解的秘密，但并非对人类无动于衷，恰恰相反。

"别打苍蝇，让它飞吧！别杀蜘蛛，别杀蚱蜢，别杀各种形状的蚯蚓，任其生存，尊重它们，因为它们是人类的受惠者。"

学会尊重苍蝇的人终将对他周围的人充满无限的爱。

如果其他人根据我们的原则，与我们平等，跟我们一样生活，他们就会讨嫌。但由于我们的秘密是永远跟别人不一样，我们便可免除危险。只要他们步我们后尘，我们就改弦易辙。

为什么憎恨他们？只有彼此平等了，才互相憎恨，互相忌妒，互相残杀。

正因亦步亦趋，自囿门户，人们才锱铢必较，憎恨起别人来。倘若他们待在他们的窝里，我们待在我们的窝里，彼此尊重，就没危险了。

父亲在院子里大发宏论："你们彼此相亲相爱吧，爱世人，爱他们的妻子、孩子和狗猫。爱苍蝇吧，学会爱它们，也要爱你们头上的虱子，你们的偏头痛，你们的畸形足，你们的胃反酸，你们的血管痣，你们的秃顶，你们的每根毛以及你们的白屁股。

"让小孩子们来找我，让我打他们应打的屁股，狠揍他们让他们灵魂得救，用棍棒把他们打成神圣，放狗咬他们难看的屁股，教他们像爱自己那样爱邻里，然后让他们来求我饶恕他们从未给我造成损害。"

他精神失常时，活像礼拜时旋转舞动的托钵僧，一派胡言乱语。他爱好俗语套话，信口开河，大话连篇，无头无尾，但铿锵回响于庭院，就像鬼魂从坟墓显现。他半是疯子半是幽灵半是天神，委实叫整个街区心惊胆战。他发作时，大家赶紧叫孩子回家，仿佛暴风雨将临，家家户户闭门关窗，在圣像前点燃蜡烛，蜷伏不动，等待雷霆过去。

"是恺撒的当归恺撒，是上帝的当归上帝！恺撒之流我将以木桩刑处死，从屁股直通到喉咙，让他们死吧。毫不足惜，所有的恺撒都是一路货色，一堆不值钱的臭肉，狗屁不如，粪土不及。"

母亲举目望天，恳求上帝让他停止，至少减弱，不那么下流，稍文雅一些，稍文明一点儿，但父亲变本加厉：

"以眼还眼，以牙还牙吗？你挖掉我一只眼睛，我砸出你的脑浆来。你敲落我一颗牙齿吗?你等着瞧你的下颌吧,等着去沟里找你的下颌吧,把你的下颌咽下去吧,你的脑袋会血肉模糊,腐烂发臭,你的嘴脸散发的恶臭比你的屁股更难闻。"

我倒觉得挺有趣,比传统教理课要活泼,比较适合我的水平,教理书晦涩,暧昧不明,充斥弦外之音。父亲不喜欢暗示隐语,他说话一清二楚,直抒己见,直言不讳,从不拐弯抹角,喜欢快速出击,让别人马上明白他想说什么。直截了当有它的好处。不卑躬屈节,不用陈辞客套,既无甜言蜜语,亦不忸怩作态,不绕弯子不躬身子不使性子,当头一棒,击中要害。

十一

L子爵夫人住巴黎我们那幢楼的二层,她经常接见安德烈·纪德和安东尼·德·圣埃克絮佩里。夜间,我躲在楼梯间窥伺他们。纪德的脚步很重,圣埃克举步轻盈。后者几级一跨上楼,飞行员急匆匆的本色,爬一层楼比纪德快一倍。再熟悉一些的话,就可能向你们讲述纪德如何亲眼看我和圣埃克踢足球。没准路易-费迪南①和我搭档跟他们俩玩桥牌呢。夜间我穿着睡衣在楼道里看见他们登楼去子爵夫人家,由厨娘向我报信或由听差窥伺,我再窥伺听差。他们两位华尔兹舞跳得棒极了,遐迩闻名,有些回忆令人难忘,在一个毛孩子眼里,他们是真正的大人物,尤其纪德先生,在另一位去世之后,我见过许多次,直到他仙逝,彼时我已经偷偷读过《地粮》,确信此书他是专为我写的,为此,我随时为了他而杀掉全家。②

圣埃克不那么狡猾,在某些方面魅力也少一些,但他把飞机停在我们楼前的草坪上却风光得不得了。其时我从小客厅窗户眺望,但见子爵夫人身穿雪白连衣裙向他跑去。他从拉泰科埃尔③飞机座舱跳下,头戴皮盔,身穿连裤飞

---

① 系指路易-费迪南·塞利纳,本书作者著有三卷本《塞利纳传》。
② 《地粮》的主人公曾宣泄:"家庭,我好恨你们!"他反抗家庭传统教育,毅然出走。
③ 皮·拉泰科埃尔(1883—1943),法国实业家,飞机制造商。

行服。不管这些事情是真是假,反正忘不了,一旦进入你的脑袋再也出不来了,随着时间的推移甚至变得美好起来,越来越富有浪漫色彩。

说实话,我没有更多的东西可说了,要叙述他们的谈话,那就言过其实了。我一百次把耳朵贴在地板上偷听。我猜他们在下一层金色大客厅和餐厅高谈阔论,但实际上我听不见。真情实况并非总是好事,我也喜欢谎言和奸诈,但要叫人看不出破绽。"青鸟"飞机停在草坪上;夏尔科[①]船长从停在水上的"为什么不?"号走下来,梅莫兹和布雷盖[②]来子爵夫人家,而我穿着睡衣来到客厅道晚安,等等,美是够美的,但不是真的。一切都有个界限,不得越过太多。我们大家必然受某种东西的限制,受生活经历的限制,而受我们所渴望的生活限制也许更多一点儿。叙述可激动人心,但有限度,这就要命了。

[①] 让·夏尔科(1867—1936),法国学者和探险家,两次登陆南极,第一次乘法兰西号,第二次乘"为什么不?"号。
[②] 让·梅莫兹(1901—1936),法国飞行员。路·布雷盖(1880—1955),法国航空先锋,最早的飞机制造商之一。

吃饭七分饱，做事不面面俱到，留一点儿遗憾，这样才好。

吃饱的人只能睡觉，而饥饿的人则不睡觉，对什么都好奇，总在寻觅。这就是为什么父亲硬要我们经常肚子空空的，而钱包则满满的。

至于我们的脑袋，他注意不让无用的知识塞满，总要留一些空给滑稽可笑的和出乎意料的东西。

他对我们说："把你们学的东西忘掉，把你们的知识消化掉，排泄掉。"他很注意我们的知识是否消化，我们的食物是否消化，把肉体和精神、肌肉和智力、脑回和肠曲紧密相连。

"你们的肠阻塞使你们的思想模糊，若要思维清晰，快快消化。"他认为，肠与脑的关系就像连通器，此处满必然引起彼处空。

从医学角度讲，这极不可靠，但很有趣味，引发我们的想象。我心想一切有趣的未必能培养道德和有益身心，但父亲标榜相反的意见。在他，一切异乎寻常的，一切引人发笑的，都应受到尊重，都与道德有联系。

"忧愁是违情悖理的,是背德的;肉体的松弛,风俗和天性的约束,智力的贫乏和理论的教学,也是背德的,因为这些全是忧愁的。歌者、舞者、笑者讨上帝喜欢,讨上帝喜欢的不可能是背德的。"

这就是我受的家教的一个基本原理。倘若不折不扣实行,我可能成为疯子、罪犯或教皇陛下的高级教士。我现在既不是疯子和罪犯也不是教士,但仍相信道德与天性联姻,无理和真理相通。

父母常炫耀,我们若没有结实而有弹性的肌肉,就不会有人格的成功和事业的辉煌。所以我们每天锻炼,早晚不断,使肌肉完美,达到富有弹性的结实,否则我们的前途就好像有问题了。

锻炼是艰苦的,尤其早晨初醒,躯体迟钝,得向前旋转,向后旋转,嘿,为恢复体力,弯腰头冲下,上身夹在两腿间,大腿交叉,然后重新向后旋转,朝前跳两步,第三步做腿部平衡,往下蹲直至面朝地匍匐。两腿一前一后,一左一右,蛙式平衡,然后头和双手向前伸,绵羊式平衡,再后两手两脚成双叉开跳跃，最后匍匐成蛇状，暂停呼吸。仰面朝太阳，两脚呈八字，大幅度深呼吸，双腿绷紧，朝后平仰。真叫人头晕。但练肌肉很好哇。做完很舒服，而且可以去餐厅吃早饭了。

说到早饭，我们不久就无权享用了。家人很快就不许我们吃早饭，后来不许喝茶和咖啡，只喝一大壶水，必须喝光，以便清洗胃和大小肠子，让肠胃干干净净，直到晚上。水胀肚子，产生幻觉，鼓鼓吃饱饭似的，但维持不久。不得不再喝，一壶壶往下灌。一天喝下来，足有十升，甚至一大桶。这恰恰是我们家狗的饮食制，每日一餐，喝水不限。父亲主张限制我们的消化次数，仅仅因为消化使人疲劳，假如我们听了他的话，就得实行蟒蛇的饮食制，即三四天饱吃一顿。取消吃饭顿数可节约许多时间，还不算节约金钱和消除睡意，因为消化引起睡意。最后由母亲做主，我们维持狗的饮食制。她说：

"你要做蟒蛇，悉听尊便，但让我们实行狗食制。将来孩子们长大成人，乐意跟你学蟒蛇吃饭，随他们的便，但眼下狗食制对他们足矣。"

此话合情合理，总算听进去了。

人体适应很快，有理解力，随遇而安。蟒蛇每周吃一两次，消化三四天。从容不迫。我们的胃也是如此。胃盼不到早餐午餐，就久久留住晚餐，乐此不疲，而我们的大小肠子在接收胃送来的食物之前，同样也不舍得排出；但成天承担各种小吃的肠子则必须快速排泄，什么快餐呀，垫底儿呀，点心呀，下午四点小吃以及各种俄式冷盘。这肠子就像工厂，流水作业。必须快快排泄，因为送货源源不断。人体器官又不傻，胃明肚知，心领神会。我们的肠子习惯工匠作业。工作缓慢，但很精心。

我十岁时，家人掐断了热水，并非因为水费未付，而是凡男子汉都不得用热水。热水澡使肌肉变软，使脑子模糊，减缓血液流通，这样躯体的某些角落和末端就得不到灌输。洗热水澡诱发流感、伤风和鼻炎，是各种细菌的理想培养基。微生物和病毒很容易滋生和繁殖，洗热水澡的人成了它们的首批受害者，而众所周知，微生物憎恶寒冷。"若要身体好，冰块须臾不可少"，这是家人要我们身体力行的格言，委实与众不同。天一冷，我们便穿短西裤和短衬衫，而大暑天则穿粗毛线衣，仅仅出于独树一帜。起先有些艰难，但后来习以为常了。洗完冷水澡，我们尽可能使身体重新暖和，诸如通过剧烈运动，按摩或用雪擦身，用父亲的话来说，这叫以大毒攻小毒。按此摄生法，几年下来，我们冬不怕冷，夏不怕热。战胜季节温差之后，我们身强力壮。

永远与众不同，这是个固定观念。

由于舒适安逸是一切罪恶的渊薮，我们家从不维修，久而久之，变成名副其实的陋室。玻璃破了不装配，椅子坏了不修理，许多东西摇摇晃晃，使生活有诸多不便，但适宜于更好地武装我们以面对生活。父亲要把我们造就成帕西法尔[①]：不怕打击，摆脱强烈的感情。谁都无权表露情感，但可以笑。禁止害怕，禁止哭泣，禁止任何抱怨，禁止激动，哪怕遇到大灾难。几乎要我们学日本人，把我们培养成日本武士或圆桌骑士。

至于性欲，我们倒是自由的，没有约束。况且我们成天阳具勃起。喝水不长膘，但使阳具兴奋。吃得越多，越

[①] 瓦格纳三幕剧《帕西法尔》（1877—1882）的主人公。

没有性欲。后来我发现,所有塞满我们头脑的这些极端之举都符合实际。穷人家餐桌寒素,但床笫多产。为了解决超生育率,必须供养穷人,强迫他们吃饱,不吃也得吃,不惜采取填鸭式喂养,使他们改变欲望,在饭桌上多消磨时间,而在床上少磨蹭。

十二

父亲相信灵魂转世,相信万有引力,相信无性繁殖,相信死而复活,相信无玷始胎。他也赞同伟大的科学法则,从"小鱼变大鱼",到"自助者天助之",其中包括"功能创造器官"。

他坚信不疑,惊异天性能适应所有的环境,应付生命行程中的一切困难。

所以他教导我们说,习惯削弱乐趣,以致使乐趣变为扫兴,而节衣缩食和艰苦锤炼则强壮身心,使人远离动物状况，接近神仙模式。

我不知多少次听他东拉西扯时重复道，受热使人伤风，休闲使人疲劳，吃饭使人饥饿，喝水使人口渴，而正是苦练产生乐趣。

他确信人体在饥寒和苦练中造就，为此感到其乐无穷，并认为这正是诸神的乐趣。所以他鼓吹以匮乏抵制富足，把失败和灾祸视为上天的礼物。

这就是为什么家人让我在风浪中成长，厌恶闭门幽居，随着四季的节奏，几乎像野兽般生活。倘若采取别的方法，如今我是否已经死亡？倘若把我当作暖房植物培育，我是否会变成小矮个儿，骨瘦如柴，咳嗽多痰？抑或已经是儿童公墓里的小死鬼？抑或是诊所药房疗养院的常客？

我仔细观察周围，摸摸自己和别人的腿肚，发现有难看的，有好看的，有更好看的，有大鼓似的，有小巧的，发现有人安分守己，有人误入歧途，有人在不该犯傻时真犯傻，有人是小天才却被人瞧不起，真是五花八门的不公道，莫名其妙。

反正他人的目光迫使你精益求精，反正机能大有作为。这就足以启动智力泵和能力泵。

所以即使在荆棘林中也得善于保持一种仪表，一种操行，一种面具，以防有人高高躲在树上瞧见你把面具拿掉。面具不仅掩盖你的脸，而且掩盖你的整个裸体，掩盖你最隐秘的思想和你灵魂深处的设防。

我的猴魂升到猴面包树上空，俯视整个森林。雨后万物蒸发，但见千万双眼睛瞄准我，千万双小手向我作揖，但闻无数的鸟鸣划破夜空向我呼唤。

它们将同我一起死亡，一起埋葬肥田沃地，行程中留下神奇的色彩和鸣叫的回声。

而我，只是风中的一个灰影。我等候太阳和复活。

今天世人不再想到野鸭，只顾吃光盒饭而不关心大写的人类。

父亲向世人呼吁："让荨麻、荆棘、树莓万年常青，沃野千里，要不然你们就忙着上茅坑吧，奉承那些傻瓜吧，剪断鸭子的翅膀吧，你们等着新罗马人、鞑靼人、吉尔吉斯人、黄种人突然来到吧，不是来旅游，而是蜂拥入侵。"

他让世人住嘴,把耳朵贴到地上谛听游牧部落行进的脚步。于是我们默不作声,一个个横倒趴地,真的哟,我们听到远处好像有奔跑声。

这可极大地打击了我们这些孩子。

关于鸭子的这番编派,当时看来不言而喻,击中要害,合情合理;不知疲倦的预言可能会改变一切,改变世界的未来。

在教堂,父亲叫我们为鸭子祈祷,为鸭子点燃蜡烛,祈求鸭子帮助人类摆脱困境,请鸭子为我们祈祷,投桃报李嘛。

永远不要把盒饭完全吃光,因为有鸭子们和图西族人①。

这是一条金科玉律,一种道德责任,否则我们将失去一切,直到停止呼吸。否则谁都不会呼吸了。谁也不会游泳了。它们多半像公鸡和公猪似的沉到水底。

而我,是鳗鱼,是水蛇,在水草中钻进钻出,我遵照父亲的教导行事。鸭子们,我对它们恭恭敬敬。

---

① 非洲一部落,生活在布隆迪和乌干达境内。

圣母玛利亚和我,同舟共济,唱着感恩歌,同垦处女地。

自从父亲死后,我爱他胜过他活着的时候。我们形影不离,融为一体了。

父亲说得对,他太爱图画了,不忍心看它们在博物馆受罪;他太爱野兽了,不忍心看着他们被圈在动物园中,他认为这就像关在监狱里。

"图画在博物馆倒霉透了,它们诞生时可不是为了到这等集中营里生活的,一幅幅并肩紧排在一起,本来它们很难相处,它们的作者可能互相仇视。图画本来应当挂在家里,就像家畜,除非为教堂绘制的,那当然应该留在教堂里了。"

确实,动物在动物园里很不幸,简直就像关在拘留所。它们并非为此而生,鸟为飞而生,狮为斗而生,鱼为游而生。博物馆等于动物园,父亲说得有理,他总是有理。

父亲憎恶群体不亚于他喜爱个体,他对主题音乐的评判很严厉,认为它麻痹个体而唤醒群体。

"只要街头有音乐,人群就会聚集起来,一切革命和一切战争就是这样开始的。是短笛和铜鼓声驱使战士们走向枪林弹雨,是管风琴响彻一座座教堂,是唱老歌的歌手最具民众号召力。用几支喇叭号召人民起义是轻而易举的事;用几首铜管乐驱使人民上街游行,赴汤蹈火,也不费吹灰之力。一吹喇叭,那些傻瓜就同心协力起义了。敲几下铜鼓,他们就纷纷出动示威,游行队伍络绎不绝。你要他们打道回府,停止击鼓就行了,事情就如此简单!音乐振奋群体,麻痹个体。"

接着,父亲用不堪入耳的谩骂没完没了地抨击所谓音乐对单独个体的镇静性质。只要是个人,一坐下来,听凭音乐摇曳,必然飘飘入睡。抑或音乐强烈,听者猛然起身上街,抑或音乐轻柔,听者沉溺于萎靡不振。

因此,音乐柔化个体德行,而个体恰恰需要振奋,正如音乐鞭策群体,而群体恰恰需要镇静,好比我们必须镇住野兽和危险的疯子。

音乐很难唤醒熟睡的狗,但不难催眠醒着的人,而我们偏偏要人起立,永不睡觉。

为此，我们被禁止听音乐了。

这，我们倒无所谓，但对舞蹈就有点儿不便了。因为我们的生活无处不是根据舞蹈设计的。我们的日常举动，走路、坐下、转头、拿物、摔倒、躺下、重起、伸手、致意、离开，无不类似古典舞蹈中的动作，而每个举止就像一件艺术品。

父亲举止潇洒，身姿矫健，如鸟似猫。母亲亦然，行动袅娜，举步飘然，活脱脱的吉赛尔，假如厨房没有人，她会像吉赛尔那样削土豆和洗碗碟。

生活若无曼舞，即成劳役，就难堪如做工，散发臭味。人的脚不会跳舞只是脚而已，其腿不过是大腿加小腿，往上是骨盆、肚子和屁股，再往上是胸脯顶着个无颈脑瓜，就像安上一个球。

他们走动时，只见他们移动并发出声音，他们脚穿鞋踩在地上，别人看不出是脚在走，还是鞋在移，不乐意想象他们赤裸的脚，生怕发现不该长毛的地方偏偏毛茸茸的，发现肥肥的赘肉和可怕的骨头。

母亲千方百计让我们接受宗教教育,最终得到了父亲的同意,并非为了我们的利益,更多的是害怕"最后的审判"。他是爱玩的,但不玩火:

"上帝存在吗?反正咱们不可以策划孩子们对抗。假如上帝存在,他可以把我们全部打入地狱,永世不得翻身,而上帝的训诫对孩子对我们都无害处,反正对咱们健康无碍,尽管善与恶的分配牵强附会,即允许和禁止的分界很勉强,各种宗教千篇一律,是排斥异己的起因。"

父亲向我们传授一种自然的和本能的宗教,不反耶稣训诫,但反天主教教士和罗马教廷。

由于我们家亲戚的母系一方出过一个红衣主教,父亲从未真正与罗马教廷决裂,但他百般挑剔,更竭力反对教会着手改变各种仪式,停用大管风琴,取消鲜花、浮华装饰、唱诗班和圣饼,让本堂神甫像普通人一样说话,甚至用法语布道,让他们跟你我一样穿着。

"如此下去,很快会让我们领圣体时把面包放入汤里,"我听见他悄悄向母亲说,"弥撒就像歌剧,美倒是美,但听不懂他们唱什么,等听懂他们吼什么了,却是言之无物。"

他认为向上帝讲话用官员和商人的语言是不相宜的，就像叫神甫穿短袖衬衫和全套西装。在这点上，母亲完全同意他的见解，她对那位红衣主教亲戚颇有微词，对另一位在诺曼底一座地牢做本堂神甫的远房表亲也很不客气。

家人从未让他们俩会面，因为他们太不相同了。本堂神甫乘火车来到蒙帕纳斯，总是一手捧着日课经，一手提只篮子，就是乡下姑娘挎的那种篮子，里面装一只童子鸡，几个鸡蛋和自家菜园种的蔬菜。他身上有点儿饲养场的味儿，说话有点儿乡音，无非讲些日常琐事，乏味至极，反正我觉得最无趣了。

接待红衣主教，则是另一回事。不必去车站接，他直接来我们家，乘一辆高级轿车，由罗马教廷大使馆的司机开车，引起全街区风言风语。他气度非凡，清香扑鼻，很可能抹了香水，他谈吐高雅，令人心荡神驰。

事实上，他比我们的乡下本堂神甫现代化多了，偷偷练习泰拳和日本空手道，跟梵蒂冈警察训练自动枪支射击，这些是他在饭局结束时对我们说的，他爱喝酒，一杯又一杯莫东－罗希尔德和多佩里尼翁红葡萄酒。他身上总带着一支11.43毫米口径手枪，在喝咖啡和阿玛尼亚克烈酒之间掏出来给我们看，当着我们的面示范各种射击姿势，站的、坐的、卧的，并且以地道美国西部牛仔的风度向我们言传身教"本能射击"的基本原理。离别时间一到，他便把手枪收入他的教袍里，收敛面容，恢复到来访时那样，回到轿车上时，受到周围各家门房温情脉脉的注视，他也频频祝福他们。

父亲本希望这位红衣主教当上教皇，但上帝不乐意，他过早地死在赛车驾驶盘上，这起车祸梵蒂冈保密部门加以掩盖，推说是在甘多尔福堡一次宗教祭礼上突然心脏病发作。

世上有像他这样的人，使你跟雷电和霍乱和解。大概多亏了他，父亲从未完全与梵蒂冈决裂，也多亏了他，给我们灌输的宗教始终是高尚的、灵活的，不带宗派色彩，富有基督教全体教会合一运动的精神，以至于家人让我们捧读《福音书》的同时阅读《古兰经》，总是教育我们尊重他人，尊重他人的主张，尊重他人的传统和信仰。

十三

父亲自诩第三等级。此话不假，如果指的是没有封号和爵位。我们祖先中没有一个是贵族，至少没有贵族血统，但跟罗曼诺夫皇族有一层奇异的亲缘关系，使得我们成为哥达[①]最显赫的家族和多半皇室的表亲。

无巧不成书，父亲的奶娘是位布列塔尼女子，她刚从俄国宫廷回来，在那里她哺养过奥莉加女大公。因此我们也算罗曼诺夫家族，不是血缘关系，而是乳缘关系，既然奥莉加女大公是家父的奶姐。

乳缘关系好处多多，坏处极少。乳缘亲属不遗传任何

---

① 哥达为德国一城市。刊载欧洲名流家谱的《哥达年鉴》即在该地编纂出版。

生理缺陷，没有任何遗传特性，不同于血缘亲属经常携带见不得人的东西，尤其由于贵族之家不断发生表亲联姻和同父异母子女结合，代代相传，必然一蟹不如一蟹，直至百病缠身，只有私生子才能逃此厄运。

父亲的奶姐在叶卡捷琳堡遭暗杀，在我们家引起强烈的震撼，加上家父有天生的悲剧感，差一点儿自称是那起屠杀唯一死里逃生的。

我们受的教育一向尊敬殉难者，无论对尼古拉和女沙皇还是对沙皇的太子和女大公们，都一视同仁。千百次家人叫我们为他们祈祷，千百次我们赞美他们，如同赞美圣徒，把他们誉为野蛮人的无辜受害者。家人让我们看沙皇家族的照片，尽是模范孩子的形象，小阿列克赛穿着水手服或军官服，站立的，骑马的，跟他父亲合影的，跟比他高一倍的士兵合影的，坐在他母亲膝上的，跟他姐妹们的，在他父亲游艇上的，总是很孤单，很忧郁，但是很和气。

给我们看的这些照片，是一种幸福，一种极乐，一种文雅的追忆，但都随着第一次世界大战而消亡了。

这个小男孩和这些小姑娘体现着一种濒临深渊的文明，

只需伊帕基耶夫家两三个小捣蛋鬼就足以把他们从世界地图上抹掉，使他们年轻的血溅到绲边的丝绸衣领上，仿佛这血能够洗刷所有沙皇犯下的罪孽，尽管沙皇们的罪孽永远比不上其后继者们以无产阶级专政名义犯下的罪孽。

父亲重视我们这份显赫的亲戚关系，替他报了属于庶民的一箭之仇。换了别人会从惯常的权宜之计中找到庇护，诸如心灵的高贵、超脱、朴实、虔信，为了到另一个世界去报仇，为了可以坐到天主的右首。父亲，他活在世上却不肯混同于其他人，也不肯跟平凡的个人同舟共济。我从他那里遗传了这种怪癖，当别人吃饭时，我不感到饿；当别人径直朝前走时，我扭伤脚；我总是反对别人的想法，尽管我经常自相矛盾。不是乐意瘸腿便瘸腿，乐意斜视便斜视，而是不断学斜视才斜视，不断学歪想才歪想，不断学横走才横走，以至于不再知道怎么才能不这样做。

我童年和少年时代每天受灌输的无政府主义偏见，使我一劳永逸地疏远形形色色的因循守旧。这是在我头脑里安下的定时炸弹，一粒种子总有一天结下苦果。一些年来，我魔鬼附身,很难摆脱,为此感觉不光彩。这是个使我狼狈不堪的魔鬼,要摆脱非得犯罪不可。这是一台只求爆炸的机器,我勉强维持着。我怕我炸成碎片,血肉横飞,溅到四处,贻害八方。我作为所受教育的牺牲品,将同炸弹一起爆炸,希望连带炸死几个,但没有把握。孤单单白死真扫兴,看到自己的血白流,路人见了无动于衷,连头也不回,不在乎多个把拉瓦绍尔①,老百姓看够了,阴沟里多得满出来了。我可不愿阴差阳错白白送死。砸烂寺庙的幸运儿为数极少,但很多人却可以使机构慢慢烂掉。而我,始终不知道该怎么处理人家灌到我脑中的东西,它们开始使我难受了,所以我自问,我生在世上是否真有必要。

我憎恨把玛戈叮得眼泪汪汪的蜜蜂。玛戈认真、守财、勤劳、灵巧、安分,资产者所有的缺点她都有了。有人向学校儿童指着玛戈,执意把孩子们培养成不革命的小战士,按固定的模式把他们塑造成模范公民;模型等着孩子就像

---

① 弗·拉瓦绍尔(1859—1892),法国无政府主义者,曾制造多起谋杀案,被判死刑。

棺材等着死人。我喜欢知了般只图眼前者和喜鹊般小偷小摸者远胜过喜欢玛戈。

假如没有成年人，世界会很可爱，原野广袤，海滩如梦。我们便可以久久凝望雨帘，光脚漫步沙滩，夜幕降临，睡在篝火旁，不想明天。

天空将会流星纵横交错，淡淡的云彩受风驱动，仿佛是什么东西的投影，在青色的夜间无归宿地奔跑。小兄弟们蜷缩在稍大一些的兄弟们身旁直到天亮。听不到飞机声，既无民用的也无军用的，也无齐柏林飞艇①，更无防空气球，这些乱七八糟的东西统统没有。

野草将会长满篱笆，长满道路，长满街道，给城市披上乡村的景象，让树木自然倒下，就像让老人自己死亡，一切以宽容为怀。

思想飘忽不定，尤其在生命之初，而思想归宿的去处，谁都料想不到。看见思想飞来飘去挺滑稽的，宛如多彩大蝴蝶，好坏混杂，仁慈的和罪恶的并存，有多少形形色色

---

① 二十世纪初德国人制造的一种飞艇。

的思想经过头脑哇。

我嘛，凭着我的歪脑筋和坏习惯，丑恶的思想必然在我的头脑占上风，但深藏不露，生怕进少年教养所。父亲若知会打我；他人若知晓，会叫两名警察把我押送少年法庭。

每当成年人过问孩子们头脑里的事，总是大惊小怪。他们禁止孩子们天性使然的事，动辄说教。他们只教孩子们禁条，迫使孩子们把最有害的思想抛到脑袋的最深处，任其在那里隐秘滋生，长出一个小脓肿，而口头上只说些套话，即别人的见解而不是他们的见解。他们从根子上把孩子们的思想萌芽和花朵切除，嫁接普通的思想，即落入俗套。

然后就可以给婴儿和孩子编号，就像给母牛和公猪编号。这是一成不变的办法，对食用动物行之有效，对学生产生奇迹。这样就可以采用流水作业法培养单一模式的公民，随时准备投入各种殴斗，可以肯定他们在相同的时间想着相同的蠢事，心甘情愿干别人叫他们干的事。以前，还必须把他们集合在公共广场上灌输思想；现在直接深入每家每户，打入公民家庭，让公民坐在电视机前，双脚套在室内便鞋里，暖乎乎舒服极了。

倒还剩下几个顽固不化的，他们是人类的光荣。有毒的蘑菇，模塑的幸免者，万人坑的逃亡者，屠宰场的死里逃生者，他们林林总总一长列，步伐不整齐，衣服五颜六色，与任何制服都不相似。

他们中有从树上下来的野人，有的像青苹果，有的像烂果子，还有大老爷和卖破烂的，他们手挽手行进，高高兴兴，欢欢喜喜去参加又热烈又重大的家庭节庆，也是又自由又放肆的聚会。

一代又一代的人被抛入虚无，然后按照死人各自的营垒，好的排一边，差的排另一边，但无论受赞美的还是受羞辱的，统统幽禁在一起，永远互相仇视，因为一些人胜了，另一些人败了，好像一些人洒的是英雄的血，另一些人洒的是狗血。狗人进历史垃圾堆，而列为真福的那些人，贵族长老们，有权进天堂，管风琴声声，香火缭绕，圣气十足，吹喇叭，打铜鼓，步入先贤祠。

吃败仗的人哪，谁叫你们出差错，你们只要战胜了，便可进入天堂，而别人只好蹲小号。只有好人和坏人，没有宽恕，无权出错，战败者洒的血没有好血。死人们，站起来吧，但不是所有人。首先应当到窗口敲讫章，先得检验特许证和拍马屁证书。不是那么容易进入光明的。光有职业外表和凶相面孔是不够的。还要有党证。死不比生容易。首先必须付款。不可以一死了之，应当为事业而死，而且对得起良心。

人年轻时，死得其所不是件容易的事情。我认识一些人想死得其所，但对历史感没把握。我嘛，奉劝他们不要冒任何风险。我们以为知道历史朝什么方向前进，兔子皮不牢靠哇。总有一些大教士会指点迷津，叫你们投入再投入，所谓大教士，都是些戴十字勋章的大胡子，教授和本堂神甫，一个比一个叫人放心。我们以为赌注肯定下对了，不料突然风向转了，乌云满天，别的大胡子毛遂自荐，审计员也到场，嘿，轮子转向，改弦易辙。霎时间，你成了叛徒。你，小童子军，你是杀人犯。替死去吧。在下鄙见，学老狐狸，苟全性命为上策。既然某天的好主意常常是次日的坏主意，待在家里最为保险。不要着凉。装作什么也不想，但保持清醒的头脑。千万不要头脑发热。至于青年人,应当把他们的脑袋浸入冷水,叫他们不要去白白送死。尤其不要为某些思想送命!

狡猾之最,是自得其乐,别人的事,一概不去理睬。
恨,是爱的过错。

我的童年岁月在喜悦中度过,快如闪电。时候一到,尽管还处在十字路口,我装作不再是小孩子样了,我离开圈栏,进入少年,之后很快就到成年期了。其时父亲消隐了,有如被清晨驱走的幽灵,他消失了,给我留下了烙印,我竭尽全力抛弃,却难以磨灭,成了我自己的烙印,一直要保留到我的末日。然后经过许多年,父亲真的死了。打那时起,我一直哀悼他,希望他呼唤我,希望来到我身边,我等着他,我徒然恳求小耶稣和圣母玛利亚还我父亲,仅仅为相聚一个夜晚。

尽管事过境迁,今天一如既往,我是个怪家伙,顶风站立,日晒雨淋,不顾有人尚健在,不管有人已死亡,我自成一统，回忆往事，乔装改扮，发挥想象，我是月光下嗡嗡的蚊子，又是小提琴独奏手，又是落水狗，又是屋顶上的轻骑兵。

一生最初岁月所留下的，是要素无用，万物皆空，事物的反面美不胜言。之后，不断打拼，学而不已，懂得前进和停滞的两重性，懂得对立面的偏见，铁甲的缺点和浑水的透明性。于是，尽管青嫩如灯芯草，依然可以在城乡闲逛，做它一天木偶，不伤到筋骨，不遭到训斥，依旧我行我素。

我们画饼充饥，哑巴吃黄连，我们乖乖成长，明哲保身，每天学习如何穿珍珠，如何欺骗死神，为什么地球是圆的。

往坏处想，我们以为明白；往好处猜，我们死于无辜。

代跋：文化差异引发《华人与狗不得入内》标题风波

柳鸣九

11月中旬，北京一家以青年人为对象的报纸，首先爆出一条十分惊人的消息：巴黎的华人社团状告法国律师弗朗索瓦·齐博将其小说搬上舞台，以《华人与狗不得入内》为剧名，伤害了华裔族群的尊严与感情，要求巴黎高等法院以紧急程序受理此案，判决立即撤除该剧的剧名与相关的广告。

一般读者看到这则消息，很容易就会有两种反应，一是认为法国巴黎居然还出现这种殖民主义、帝国主义辱华反华的咄咄怪事，岂不令人"愤怒"？二是期待着在巴黎有一场轰轰烈烈的华人爱国主义正剧上演，既然已经闹到法庭上去了,媒体肯定会追踪报道,让读者看到一场国际官司的始末。只不过一般读者会有点儿纳闷,为什么这么一场严正的斗争,只要求赔偿一个法郎?

我们这些对齐博其人其作有所了解的人,读到这则轰动一时的消息,则是另外一番感受。首先,是深感意外与忧虑,同时希望这件事能迅速平息下去,不要愈演愈烈,像滚雪球那样愈滚愈大,造成两败俱伤的后果,因为,据我们所知,齐博不仅不是反华的殖民主义者,而恰巧是一位对华友好的国际友人,他引起官司的这部作品不仅没有丝毫反华内容,而且不失为一部有一定积极思想意义之作。

齐博先生在巴黎无疑要算是上层社会的一位闻人。他是鼎鼎有名的大律师,曾经多次受理过轰动一时的大案,并获胜诉,在法律界声望颇高,曾作为法律顾问随法国政府代表团访华,为中法有关事务的合作出过力,对华很友好,他曾经这样写道:"我不仅对中国文明和文化有着异乎寻常的迷恋,而且对中国人民深怀敬意:中国人民在尊重自己几千年传统的同时,勇敢地以自己的方式开创着21世纪。"

齐博在法国文化学术界也甚为活跃,并有业绩建树。

他是法国塞利纳研究学会的会长,塞利纳是法国20世纪文学中一位大师级的人物,影响很大,他的长篇小说名著《茫茫黑夜漫游》在我国已有两个译本,颇受读者欢迎。齐博是塞利纳研究的权威,他的三卷本《塞利纳传》至今仍是塞利纳学的奠基之作。前几年,他又开始小说创作,其处女作便是发表于《世界文学》1999年第2期上的《去他的戒律》。这次在巴黎引起官司的剧本就是根据这部小说改编后搬上台的。

这是一部语调复合,风格令人眼花缭乱的作品,基本上由前后两个截然不同的板块组成。前一个板块是主观宣泄的散文篇章,相当充分地显示了大手笔的气派,以卢梭式的坦诚与力量宣泄内心,倾倒肺腑,是没有后顾之忧的内心独白,是旁若无人的喃喃自语,是严酷无情的自我审视与深思凝练的自我鉴定,表现出宣泄者"我"那种极为复杂的精神特点:独立不羁,天空行高的个性,从《吉尔·布拉斯》到《茫茫黑夜漫游》中流浪汉主人公的厚颜、自嘲,甚至自虐,尼采式的冷峻无情的超意识以及现代人物欲横流中大鳄般的凶猛与狡黠……你不能说这里写的就是作者的自我精神，最多只能说他采取了马尔罗《反回忆录》的做法，把自己的某些精神基因写得虚虚实实，甚为夸张，真伪难辨而已。因此，最多也只能说它是一部独特的"反精神自传"。

作品的第二大板块则是对少年时期生活的回忆，完全是客观事实的记叙，其中，儿童时代跟同伴的顽劣行径，以及在清凉小河旁静观细枝从远处漂来又向远处漂去的闲适时刻，写得甚为生动有趣；自己的长辈亲友在二战期间的民族感情与爱国精神，如婶母因法国战败而自杀，全家因诺曼底反攻而欢庆等回忆，则很感人。不过，在作者的回忆中，真正构成一大情结的，还是"敬父情结"，回忆的大部分几乎都是记述自己父亲独特的、为一般人所难以理解的思维方式与行为方式，特别是重点记述父亲对儿女的教育思想与教育方式。作为亲情回忆，作品的这部分使人想起法国20世纪文学中的一部著名的自传性散文式小说、帕尼奥尔的《我父亲的光荣》，作品重点部分对自己父亲教育方式的记述，则明显地与卢梭的《爱弥儿》颇为相像，其父那种返璞归真、增强磨难，"必先劳其筋骨"的教育方式，几乎可说是卢梭教育思想在20世纪的具体运用。

至于作品的"虚"与"实"这两部分,如果要说它们还有什么内在联系的话,那么可以说正是这种顺乎自然、"必先劳其筋骨"的父训父教,才培育、造就了那个现代生活中的"强者"与芸芸众生中的"超人",而"我"那种藐视戒律,对社会文明规范有所逆反、有所冒犯的言行方式,正是与其父那种反传统教育戒律而行之的家教接轨的。

实事求是说,作品这两大部分都没有任何涉及中国的内容与词句,那么为什么作者要采用《华人与狗不得入内》这个刺激性的标题呢?对此,作者在小说的前面明确做过这样的说明:"我1976年第一次访华时在上海得知,从前外国租界一座公园的入口处有过一块牌子,上面写着'华人与狗不得入内',我义愤填膺。"可见,作者对这块殖民主义的牌子抱有明确的憎恶之情,看来,他把这告示视为世上最为典型、最可恶的一条"禁令""戒律",于是把它当作了他这部具有反禁令、反戒律精神的处女作的标题,就其本意来说,既不存在辱华的动机,也不存在以此开玩笑、开涮之意。

不论齐博先生当初是怎么考虑的,他采用这样一个标题,必然会引起曾饱受殖民主义之苦的中国人的痛楚,使人有刺眼之感,因此,这部小说的中译本在《世界文学》上发表时,我因受托撰文作评,不得不建议译者与编辑部将标题改译为《去他妈的戒律》,既突出原著那种反清规戒律的逆反精神,又隐含作者采取此标题的初衷原意,至于用了粗词,则是为了和原著中那种骂骂咧咧的语调一致。《世界文学》编辑部采用了这一建议,只不过为了求雅,删去了我建议中的一个"妈"字,如此将原作的标题一加改译,译本在《世界文学》上公开发表也就平静无事了。

而在巴黎,作品的原标题原封不动见于街头巷尾,自然就会刺激华人的感情,在20世纪90年代中国人扬眉吐气,民族主义大为高扬的背景下,不愉快的碰撞与冲突,也就势在难免了。

所幸事情最后得到了妥善的解决,从巴黎传来的消息说,双方经庭外协商:齐博仍保留了那个他自有其特别心得的标题,但在后面要加上括弧做出必要的说明,华人社团则从法院撤诉。似乎可以说这是一个"双赢"的结果。人们在庆幸危机得到化解之余,肯定会发现有一个问题尚待冷静深思:不同民族、不同文化的差异是否会引发带有一定悲剧性的问题,以及当问题出现时该如何明智对待,如何妥善处理。

(人民日报,1999)

图书在版编目（CIP）数据

去他的戒律 /（法）弗朗索瓦·齐博著；沈志明译. — 北京：北京联合出版公司
2016.12
ISBN 978-7-5502-9056-3

Ⅰ.①去… Ⅱ.①弗… ②沈… Ⅲ.①自传体小说—法国—现代 Ⅳ.①I565.45
中国版本图书馆CIP数据核字(2016)第262295号

Interdit aux Chinois et aux chiens de François Gibault.
Copyright © Éditions de la Table Ronde, 1997
Simplified Chinese translation copyright © 2016 by Ginkgo(Beijing) Book Co.,Ltd.
All rights reserved.
本书中文简体版权归属于银杏树下（北京）图书有限责任公司。

去他的戒律

作　　者：[法]弗朗索瓦·齐博
译　　者：沈志明

选题策划：后浪出版公司
出版统筹：吴兴元
责任编辑：夏应鹏
特约编辑：黄杏莹
营销推广：ONEBOOK
装帧制造：墨白空间·张静涵

北京联合出版公司出版
（北京市西城区德外大街83号楼9层 100088）
北京中科印刷有限公司印刷　新华书店经销
字数68千字　　787毫米×1092毫米　1/32　　5印张
2017年2月第1版　　2017年2月第1次印刷
ISBN 978-7-5502-9056-3
定价：36.00元

后浪出版咨询(北京)有限责任公司 常年法律顾问：北京大成律师事务所　周天晖 copyright@hinabook.com
未经许可，不得以任何方式复制或抄袭本书部分或全部内容
版权所有，侵权必究

本书若有质量问题，请与本公司图书销售中心联系调换。电话：010-64010019